Das Buch

Wolf Biermann ist einer der erfolgreichsten deutschen Lyriker. Nicht als Held der einen oder der anderen Seite, sondern als einer, der ausspricht, was man diesseits und jenseits verdrängt: Für ihn ist der Schmerz um Deutschland real. Mitten durch dieses Buch geht der Riß, den Biermann erlebt hat: ›Comandante Che Guevara‹, ›Das geht sein' sozialistischen Gang‹, ›Es gibt ein Leben vor dem Tod‹ stammen noch aus Berlin, das ›Mädchen in Stuttgart‹, das ›Gorleben-Lied‹ und die Hälfte der anderen Balladen, Gesänge und Verse sind schon in Hamburg geschrieben. Dazwischen die ›Vorworte‹ über den »Westen«. »Ich leb' ja den Traum«, schreibt Wolf Biermann: den Traum vom republikanischen Deutschland, von der deutschen »Commune«. Ein Träumer? Gewiß. Aber der einzige nicht.

Der Autor

Wolf Biermann, am 15. November 1936 in Hamburg geboren, erlebte noch als Kind den faschistischen Terror: Sein Vater wurde 1943 in Auschwitz ermordet. 1953 ging Biermann in die DDR. Sein Studium an der Humboldt-Universität (Politische Ökonomie, Philosophie und Mathematik) wurde durch eine zweijährige Regieassistenz beim Berliner Ensemble unterbrochen. 1960 beginnt er zu komponieren und gründet mit Freunden ein kleines Theater, das noch vor der Premiere geschlossen wird. 1963 wird er aus der SED ausgeschlossen. 1965 erfolgt ein totales Auftrittsverbot. 1976 werden ihm überraschend ein Auftritt vor DDR-Publikum und eine Tournee in der Bundesrepublik gestattet. Die Rückreise wird ihm verwehrt, und am 17. November 1976 erfolgt die Ausbürgerung. Wolf Biermann lebt heute in Hamburg.

Wolf Biermann:
Preußischer Ikarus
Lieder, Balladen, Gedichte, Prosa

Deutscher
Taschenbuch
Verlag

November 1981
Deutscher Taschenbuch Verlag GmbH & Co. KG,
München

Printed in Germany · ISBN 3-423-01716-3
Umschlaggestaltung: Celestino Piatti
Gesamtherstellung: C. H. Beck'sche Buchdruckerei,
Nördlingen
Printed in Germany · ISBN 3-423-01716-3

Inhalt

Deutsche demokratische Liebeslieder

Das Frühstück

1
Ich bring noch das Salz!
  ein Frühstück mit Sonne
  aus Wehmut und Wonne
  ein Kuss für dein' Hals
Iiii, Honig mit Quark!
Vom Schwarzbrot die Krume
Mit Butter und Blume
Da kommt Tine Barg

  So ist meine Tine
    am Morgen noch Traube
      am Mittag Rosine
        am Abend schon Wein
  So ist es gut
    und so ist gut
      und so noch viel besser
        und soll auch so sein

2
Stell hin, das Tablett!
  schön klingeln die Tassen
  – nicht fallen lassen!
  komm, knall dich aufs Bett!
Wo kommt denn das vor
So früh frische Schrippen
Komm, laß mich mal stippen
Mein' Bart in dein Ohr!

  So ist meine Tine . . .

3
Was steht im eNDee?
  du, gib mir mal rüber!
  – jetzt kocht die Milch über
  schnell, puste! schnell, dreh
Den Hahn zu! ein Scheiß
Mach bloß keine Dinger!
Pass auf, deine Finger!
Der Henkel ist heiß

  So ist meine Tine . . .

Das Frühstück

am
2. Stell hin, das Ta- blett!
C F C G
stell hin das Ta- blett!
C E7
stell hin das Ta- blett!
am
schön klingeln die Tassen
F C G
nicht fallen
C E am E7
lassen! komm, knall dich aufs Bett
C
Wo kommt denn das
G7 E7
vor: so früh frische
am am7
Schrippen, lass komm mich mal
am7- F
stippen mein Bart in dein
E7
Ohr

4
Die Eier im Glas
  probier mal die Eier!
  ich hab sie zur Feier
  des Tages aus Spaß
Gekocht mit Muskat
Rosinen, Dillspitzen
Salamiwurstschnitzeln
Die hatte ich grad

  So ist meine Tine. . .

5
Den Kaffe laß stehn!
  du bist ja noch müde
  trink aus, meine Liebe
  mach los! du mußt gehn
Das ist ein Gejag
Vergiss nicht die Schlüssel!
Ach, komm, noch paar Küsse
Auf Vorrat fürn Tag!

  So ist meine Tine . . .

6
Jetzt kommst du zu spät
  steck ein das Stück Kuchen!
  die werden schön fluchen
  oh, meine Uhr geht:
Ein Glück! stell dir vor
(gib her, deine Schnute!)
Die liebe, die gute
Die Uhr geht ja vor

  So ist meine Tine . . .

7

Ich bring noch das Salz!
  Ein Frühstück mit Sonne
  aus Wehmut und Wonne
  ein Kuss für dein' Hals
Iiii, Honig mit Quark!
Vom Schwarzbrot die Krume
Mit Butter und Blume
Da geht Tine Barg

So ist meine Tine
  am Morgen noch Traube
    am Mittag Rosine
      am Abend schon Wein

So ist es gut
  und so ist gut
    und so noch viel besser
      und soll auch so sein

Einschlaf- und Aufwach-Lied

Einschlaf und Aufwachelied

Schlaf ein, mein Lieb, sonst ist die Nacht
Vorbei und hat uns nichts gebracht
Als wirre irre Fragen
Gib mir dein' Arm und noch ein' Kuss
Ich muß ja durch den Schlafefluß
Und will dich rüber tragen

Wach auf, mein Lieb, du schläfst ja noch!
Komm aus den dunklen Träumen hoch
Und freu dich an uns beiden!
Die Sonne hat längst dein Gesicht
Gestreichelt, und du merkst das nicht
– das mag ich an dir leiden

der SCHWARZE PLEITEGEIER
oder: Eure Farben sind nicht meine Farben
Der schwarze
A
Pleitegeier mit den roten
hm
Krallen sieht schwarz im
E7
großen Gelb und wird be
A
wacht von grünen
A
Männern die in Aluminium
usw
hm
Kisten vor meiner Haustür
E7
sit - zen Tag und
A
Nacht Komm zieh dein
rotes Kleid an! wir haun ab ins Grüne
hm
ich hab die Stadt satt all das to - te
E
Grün komm mit mir
A
untern Himmel wo die grauen
hm
Gän-se schwarz durch das
E7
güte Gelb der Sonne
A
ziehn

Der schwarze Pleitegeier – *oder:* Eure Farben sind nicht meine Farben

Der schwarze Pleitegeier mit den roten Krallen
Steht starr im großen Gelb und wird bewacht
Von grünen Männern, die in Aluminium-Kisten
Vor meiner Haustür sitzen, Tag und Nacht

Komm, zieh dein rotes Kleid an! Wir haun ab ins Grüne
Ich hab die Stadt satt, all dies tote Grün –
Komm mit mir untern Himmel, wo die grauen Gänse
Schwarz durch das gute Gelb der Sonne ziehn

Nach-Brodowin-Lied

Jetzt kutschen wir an den Rand der Erde
Mit all unsre sechzig Eisenpferde
Gib Gas! sonst kommen wir nicht mehr hin
Vor Dunkelwerden nach Brodowin

Die Karre läuft
Der Tank ist voll
Der Motor säuft
Mach nicht so doll
Die Heizung an! ja, so is gut
Die Scheibe laß offen!
Das stinkt nach Benzin, o Mann, ich komm
Am Ende besoffen nach Brodowin

eh! guck mal die Sonne
da hinten! da hinten!
so tief! so groß
daß ein' das wundert!
so schön! so rot!

– ja! guck du man bloß
nach vorne! mit Hundert!
du fährst uns noch tot
du, mit deine Sonne da hinten

Jetzt sind wir ja bald schon am Rand der Erde
Mit all unsre klapprigen Eisenpferde
Gib Gas! sonst kommen wir nicht mehr hin
Vor Dunkelwerden nach Brodowin

Meine Dicke hat
'ne Marie im Bauch
Und wenn's ein Junge wird
Freu ich mich auch
Eh! schnall dich man lieber an, mein Kind

Die Straße ist glatt. Ich will nämlich nicht
Daß du durch die Scheibe gehst, mit der Marie
Du, mit dein' Madonnengesicht!

eh! guck mal die Sonne
da hinten! da hinten!
so tief! so groß
daß ein' das wundert!
so schön! so rot!

– ja! guck du man bloß
nach vorne! mit Hundert!
du fährst uns noch tot
du, mit deine Sonne da hinten

das Steine-Lied

C7+
em
am
Steine Steine Steine mein Lieb und Steine
tr.
tr
frei im Rhythmus

Steine-Lied

1
Steine Steine Steine, mein Lieb, und Steine
All meine Wahrheiten sind mir ja
Steine geworden:
Steine im Weg und
  Stein in der Kehle und
    Stein auf der Seele und
      Stein in der Brust, in den
Leeren, den wehrenden Händen:
Steine Steine Steine, mein Lieb, und Steine

2
Wie, ach wie soll ich die Zeit dir der Kirschen
Wie soll ich singen, wenn mir das Gesindel
Mit all dem Schwindel mein armes Maul stopft
Mit meiner Wahrheit
  Blindheit und Klarheit
    mein Stein und dein Stein
      in jeder Faust ein', so
Spiele ich dir die Gitarre:
Steine Steine Steine, mein Lieb, und Steine

3
Meine Genossen, die Götter, die Schweine
werfen auf mich ihren Spott. Ihre Steine
Hab ich gefressen und gut verdaut, habe
Tränen geschluckt
  und Blut gespuckt
    nichts wird vergessen
      von all dem Morden
Genossen, das seid ihr mir worden:
Steine Steine Steine, mein Lieb, und Steine

4
Au! meine Birne! die Stirn! meine Steine
Warf ich und traf mich und straf mich alleine
Daß ich kein' Weg find, über die Augen
Rinnt mir der Saft
  rot, dieser Haß
    wie blind macht das!
      Liebe macht Spaß, Mädchen
Laß das! wisch ab das! und weine:
Steine Steine Steine, mein Lieb, und Steine

5
Und meine Worte, die alle nicht trafen
Und all die Stummen und Dummen und Braven
Zu wessen Glück, sag! schlafen die Steine dort
Wo wir uns finden, mein
  Lieb, Untern Linden
    wo wir uns fassen
      und uns nicht lassen
        und uns verpassen
          mang all die Massen
            bin ich alleine
              zu wessen Glück, sagt mir!
                schlafen die Steine dort
                  wo graue Furcht ist
                    und laues Hassen
                      – die Pflastersteine, sie
Träumen noch tief in den Straßen:
Steine Steine Steine, mein Lieb, und Steine

Bibel - Ballade

dreh.................................en's wie.....
sie
niemand glaube seinem Nächsten
niemand verlasse sich....
bewahre die Tür deines Mundes
be-wah - re die Tür deines Mundes vor der
bewahre.....die in deinen Armen schläft
das weiß ich doch
Selber der Knüppel du Krüppel, der ar-me Knüppel der
kann nichts da- für und trotzdem es
ist ja der dreimal verfluchte der Knüppel den ich auf dem

Rücken spür, ach wa-rum wa-rum mußte sich mein
lie-bes Liebchen ge-gen mich so prompt zum Knüppel
machen, zum Knüppel machen lassen? Aus
Liebe kommt ach das tut weh aus Lie-be kommt so
prompt das blinde Has- sen
D.C.

Die Bibel-Ballade

1

Die roten Fahnen hingen alle grau und krank
Im Regenhimmel rum. Aus mancher Fensterbank
Erbrach das Fahnentuch vor Scham sein letztes Rot
Da kamst du hergetanzt mit unterm Arm die Schuh'
Verschlungen hast du mich, Stück weggeworfen Brot
In diesem Land, wo alle satt sind. Aber du
Du warst mein neues Deutschland und mein alter Traum
Von Küssen unterm großen Kirschenbaum

2

»Ach, es geht mir wie einem, der im Weinberge
Nachliest, da man keine Trauben findet zu essen
Und wollte doch gern die besten Früchte haben.
Die frommen Leute sind weg in diesem Lande
Und die Gerechten sind nicht mehr unter den Leuten.
Sie lauern alle auf Blut, ein jeglicher
Jagt den andern, daß er ihn verderbe.
Und meinen, sie tun wohl daran
 – wenn sie Böses tun.
Was der Fürst will, das spricht der Richter
 – daß er ihm wieder einen Dienst tun soll
Die Gewaltigen raten nach ihrem Mutwillen Schaden zu tun
 – und drehens wie sie wollen
Niemand glaube seinem Nächsten!
Niemand verlasse sich auf Fürsten
Bewahre die Tür deines Mundes
 – vor der, die in deinen Armen schläft!«

das weiß ich doch selber: der Knüppel, du Krüppel
der arme Knüppel, er kann nichts dafür. Und
trotzdem! es ist ja der dreimal verfluchte
der Knüppel, den ich auf dem Rücken spür. Ach
warum, warum mußte sich
mein liebes Liebchen gegen mich
so prompt zum Knüppel machen

– zum Knüppel machen lassen?! aus Liebe
kommt, ach das tut weh, aus Liebe
kommt so prompt das blinde Hassen

3
Und es begab sich im fünfundzwanzigsten Jahr
Der Deutschen Demokratischen Republik, da
Ließen die Herrschenden sich vom Volk
Ein gewaltiges Haus baun, mitten in Berlin
Auf dem Marx-Engels-Platz
Und sie gaben dem Bau diesen Namen: Palast
Der Republik. Da sagten die Bauarbeiter:
Das ist uns ein herrlicher Sozialismus mit einem
Palast in der Mitte. Da tauften die Kumpels
Das Werk ihrer Hände »Palatzo di Protzo«
Und lachten untereinander und bauten weiter. Und
Als der Beton gegossen wurde
Und die Stahlkonstruktion wuchs
In den geteilten Himmel dieser Stadt
Da schlief ich lange Nächte bei meiner Liebsten
Und ihr Vater war beim Palastbau Direktor
Für Projektierung und Mitglied
Der Bezirksleitung des Großen Vereins.
Da kauften seine Genossen von der Staatssicherheit
Sich den Vater und sagten ihm: Du, deine Tochter
Entweder sie geht weg von diesem Menschen
Oder du kannst beim Palast deinen Posten
Nicht länger behalten.

das weiß ich doch selber: die Kugel, du Kluge
die arme Kugel, sie kann nichts dafür. Und
trotzdem! es ist ja die dreimal verfluchte
die Kugel, die ich jetzt im Bauche spür. Ach
warum, warum mußte sich
mein liebes Liebchen gegen mich
so prompt zur Kugel machen
– zur Kugel machen lassen?! aus Liebe
kommt, ach das tut weh, aus Liebe
kommt so prompt das blinde Hassen

4

»Ich wandte mich und sah an alles Unrecht
Das geschah unter der Sonne. Und siehe
Da waren Tränen derer, so Unrecht litten
Und hatten keinen Tröster.
Und die ihnen Unrecht taten – waren zu mächtig
So daß sie keinen Tröster haben konnten!
Ich sah an Arbeit und Geschicklichkeit
In allen Sachen. Da neidet einer den andern, das
Ist auch eitel und Haschen nach Wind. Ein Narr
Schlägt die Finger ineinander und verzehrt sich selbst.
So ist's ja besser Zwei als Eins, denn
Sie genießen doch ihrer Arbeit wohl.
Fällt ihrer einer, so hilft sein Gesell ihm auf.
Weh dem, der allein ist, wenn er fällt
So ist kein anderer da, der ihm aufhelfe! Auch
Wenn zwei beieinander liegen, wärmen sie sich. Wie
Kann ein Einzelner warm werden? Einer
Kann überwältigt werden. Aber Zwei
Mögen widerstehn.«

das weiß ich doch selber: das Messer, du Fresser
das arme Messer, es kann nichts dafür. Und
trotzdem! es ist ja das dreimal verfluchte
das Messer, das ich an der Kehle spür. Ach
warum, warum mußte sich
mein liebes Liebchen gegen mich
so prompt zum Messer machen
– zum Messer machen lassen?! aus Liebe
kommt, ach das tut weh, aus Liebe
kommt so prompt das blinde Hassen

5

Kennst du mich noch? Ich kenn mich selbst nicht mehr
Seit du mir schweigst, bin ich von allem Leben leer
Und seh' nicht, kann nicht, mag nicht, will nicht und seh' doch:
Reif ist das Jahr. Die Kirschen platzen auf vor Lust
Und ich lieg eingemauert hier im Loch
Und halt mein Herz fest in der aufgebrochnen Brust
Daß es nicht auf die Straße springt und schreit, wenn du
Im Blauhemd hier vorbeimarschierst! mit Sand im Schuh.

Kuckuck

em
em
em6-
Und
als ich mit dir lag, da weckte
weiß ich alles noch wie gut der
uns ein Tag mit Kuckuck Kuckuck ku
Mor-gen roth und wir mein Lieb da zu
em
em6-
C
dazu
em
ku...
zu...
Das
Schluß
rit

Kuckuck Kuckuck

1
Und als ich mit dir lag
Da weckte uns ein Tag
Mit kuckuck kuckuck kuu
  kuckuck kuckuu
Das weiß ich alles noch
Wie gut der Morgen roch
Und wir, mein Lieb, dazu
  dazu dazu

2
Und als ich bei dir schlief
Und als der Kuckuck rief
Da hast du mitgezählt
  gezählt gezählt
Wieviele Jahr hab'n wir?
Noch zwei – noch drei – noch vier
Mensch, hat mich das gequält!
  gequält gequält

3
Mach weiter! Vogel, mach!
Noch sechs – noch siebn – noch acht
Mach zu! mach zu! mach zu!
  kuckuck kuckuu
Mir schlug dabei das Herz
Den Hals hoch. Noch ein Schrei:
Kuckuck kuckuck kuckuu
  nur zu! nur zu!

4
Der Aberglaube blüht
Gefährlich ins Gemüt
Mein Liebchen, laß den Stuß!
  den Stuß den Stuß
Wir dürfen ja, wir wolln
Wir können, und wir solln
Der dumme Kuckuck muß
  er muß er muß

5

Kuckuck kuckuck kuckuck
Kuckuck kuckuck kuckuck
Kuckuck kuckuck kuckuu
  kuckuck kuckuu
Der Kuckuck hat gelogn
Und du hast mich betrogn
Und dich, mein Lieb, dazu
  dazu dazu

Die Elbe bei Dresden

In Dresden, da steht ja die Elbe so still
Und die Stadt fließt so träge vorbei
Ich steh' da und seh' da die Raddampfer ziehn
Wie voriges Jahr, den Mai
Wie vorigen Mai, da wohnten wir
Diese Sommernacht unten am Fluß
In den Elbwiesen blieb uns die Puste weg
Beim Kuss zwischen Kuss und Kuss

> Das sang uns der Fluß, das war unser Lied:
> Es fließt alles – alles fließt
> Mein Lieb, mein Lieb, jetzt bin ich allein
> Jetzt redet der dumme Fluß mir ein:
> Es bleibt alles, wie es ist

In jenem Mai, da schwammen wir schön
Mit der Strömung zur anderen Seit
Dann laufen ein Stück – und schwimmen zurück
Uns war ja der Fluß nicht zu breit
Das Wasser war nicht viel zu tief für uns
Ach und uns war der Dreck scheißegal
Wir ließen uns treiben und trieben das Spiel
Nocheinmal und noch ein mal

> Das sang uns der Fluß, das war unser Lied:
> Es fließt alles – alles fließt
> Mein Lieb, mein Lieb, jetzt bin ich allein
> Jetzt redet der dumme Fluß mir ein:
> Es bleibt alles, wie es ist

Jetzt lieg ich am Ufer und wundere mich
Warum das mit mir grad so ist
Ach damals verriet uns der gute Fluß
Die Wahrheit, daß alles fließt
Da drehte die Erde sich unter uns
Als wir noch verharrten im Kuss
Und weißt du, warum ich dich suchen will?
Weil ich mich ja finden muß

Das sang uns der Fluß, das war unser Lied:
Es fließt alles – alles fließt
Mein Lieb, mein Lieb, jetzt bin ich allein
Jetzt redet der dumme Fluß mir ein:
Es bleibt alles, wie es ist

die Elbe bei Dresden

dm6/9
dm6/9
Das war unser Lied das sang uns der Fluß
Mein Lieb.....
A
C
es fließt alles al- - - -les flie- - -ßt
H7
E
E7
ein: Es bleibt
alles wie es ist
D.C.

Walpurgisnacht

Marie, als ich mir deinen Leib, Marie
Aus der Seele hab reißen müssen
Da hab ich mir ja die Seele selbst
Aus meinem Leib gerissen
Jetzt schmeißen sich alle in mein Bett
Jetzt kriechen sie auf mein Laken:
Soldatenkadaver im Stacheldraht
Und eisenarmige Kraken
Und Lenin fickt Hitler in Stalingrad
Und Stalin küßt Prag mit Panzern
Quer durch mein Bett tobt eine Schlacht
Mit Rotarmisten und Landsern

> Marie, mach weg! mach weg! mach weg
> die mir den Saft aussaugen!
> Jag die Dämonen weg, Marie
> mit deinen Kinderaugen!

In die Lochkarte schießt mir Honnakow
Die Löcher, die schlimmen Löcher
Gott Amor steckt seinen blutigen Kopf
Tief in den leeren Köcher
Genosse Trotzkij kachelt die Matrosen
Von Kronstadt mit roten Kanonen
Genosse Nixon bummst Breschnew von hinten
Mit Weizen und blauen Bohnen

> Marie, mach weg! mach weg! mach weg . . .

Das stöhnt und heult und jubiliert
Durch die Walpurgisnächte
Mein Bett steigt als Rakete zum Mond
Und stürzt mich in Wismut-Schächte
Die Ratten vögeln die Katzen tot
Die Karpfen knutschen die Aale
Und die Abhörwanzen singen aufs Band:
Völker hört die Signale!

> Marie, mach weg! mach weg! mach weg . . .

Weißmadige Finger zeigen auf mich
Und zerren mir aus den Zähnen
Die wenigen Worte, die ich noch hab
Ein Schlamm aus Hoffnung und Tränen
Das ist nicht der Fluß, der hier früher floß
Und gegen den Strom mit Mühe
Tief durch das Bett, da muß ich durch
Durch Haß und Abwaschbrühe

Marie, mach weg! mach weg! mach weg . . .

Sie kriechen auch alle mit in mein Bett
Gefoltert, verhungert, erschossen
Da, wo du lagst, klafft ein Massengrab
Da schlafen meine Genossen
Und als ich dich endlich verließ und wollt
Dich nie mehr lieben, noch hassen
Marie, da hab ich mich ja selbst
Und ganz und gar verlassen

Marie, mach weg! mach weg! mach weg
die mir den Saft aussaugen!
Jag die Dämonen weg, Marie
mit deinen Kinderaugen!

Bin mager nun
am
E7 9-
A7 6-
dm
am
F 4+
das ist mal
so mit mir
am
und bin halb
F 4+
E7
froh mit mir. Bin
am
mager nun und
Wie oben
E7
fühle mich, noch
A7
können Blicke
dm
mich ver-letzen
tr

Bin mager nun und fühle mich

Das ist mal so mit mir
und bin halb froh mit mir

Bin mager nun und fühle mich
Noch können Blicke mich verletzen

das ist mal so mit mir
und bin halb froh mit mir

Noch zwei drei alte Worte kühlen mich
Eng neben gleichen Tieren
Spür' ich im Rücken Winterwind
Und meine Angst vorm großen Frieren

das ist mal so mit mir
und bin halb froh mit mir

Die Angst läßt nach, wenn wir zuhauf
In diesen dunklen Kälten sind

das ist mal so mit mir
und bin nicht froh mit mir

Das ist mein graues Lied vom Rauch
Und endlich stirbt die Sehnsucht auch

das ist mal so mit mir
und bin halt froh mit mir
und bin halt froh

Es gibt ein Leben vor dem Tod

Es gibt ein Leben vor dem Tod

Jesus, der große Schmerzensmann
Am Kreuz, im Glanz der Wunden
Er hatte seine Schau im Tod
Und alle Welt sah seine Not
Und als die Leut drei Tag danach
Sein leeres Grab gefunden
Und keinen Leichnam fanden
Da warn sie froh. Da wußten sie:
Der Mensch ist auferstanden
– es gibt ein Leben nach dem Tod!

Exekution! da! seht den Communard
Wie der vor den Gewehren stand
Hat ihn Picasso mir gemalt:
Die Hosen runter, an der Wand
Der dicke rote Kerl steht da
Und weint und lacht sich eins dabei
Wie er sein' Arsch dem Tod hindreht!
Ich habs, auf Weiß gemalt mit Rot
Des Malers Bild beweist es ja:
– es gibt ein Leben nach dem Tod

Der kleine Biermann denkt bei sich:
Ja! ja, das stimmt in meinem Sinn
Die Auferstehung gibts! weil ich
Ja dafür selber Beispiel bin:
Mein toter Vater lebt! sogar
Die Narrn, die Don Quichoten!
Im Freiheitskrieg der Menschheit gibt
Es keine toten Toten.
Das ist so wahr wie trocken Brot:
– es gibt ein Leben nach dem Tod

Anmerkung
Ach, daß es danach noch was Schönes gibt
Ist tröstlich in unserer Lage.

Wie gut! und doch, da bleibt uns noch
Die kleine – die große – die Frage
(das wüßten wir gern noch daneben!)
Ob's sowas gibt – wir hättens gern:
– auch v o r unserm Tode ein Leben

Es gibt ein Leben vor dem Tod

fm9 gm7 fm9 D♭o
leeres Grab gefunden und keinen Leichnam fanden da warn
fm b♭m
sie froh, da wüßten sie: der Mensch ist auf - er-
H em am E am°
stan - den, es gibt ein Leben nach dem
em9 em
Tod

Das Franco-Lied

1
Du, wenn ich daran denke
Das macht mir kalt, das macht mir heiß
Du, wenn ich daran denke
Daß dieser wütige Henkergreis
Nach vierzig blutigen Jahren leis
Hinüberschläft und macht sich davon
Und kommt drumrum um die Hauptlektion
Die fällig ist: die Revolution
– dann muß ich schrein
    nein! nein! nein! nein!
        das darf nicht sein!

2
Und würd es Götter geben
Das wär nicht schlecht, mein Sohn
Ich bäte um Francos Leben
Daß dieser klapprige Henker-Clown
Ihn selber noch kriegt: den gerechten Lohn
Für all unser Blut. Ja, das soll er noch sehn
Wie sich die Gewehrläufe auf ihn drehn
Und auf seine Brut. Ja, so wird das gehn
– dann sing ich: Gut!
    ja! ja! ja! ja!
        und das wird wahr!

3
Du, wenn ich daran denke
Das macht mir Haß, das macht mir Schmerz
Du, wenn ich daran denke
Daß dieses blutige Würger-Aas
Dem Julian so die Halsweite maß
Ach! mit der Garotte! und immer noch mißt
Nach Mördermaß jeden Anarchist
Egal, ob Christ oder Kommunist
– dann muß ich schrein
    nein! nein! nein! nein!
        das darf nicht sein!

4

Ihr! wenn ich euch hier sehe
Das macht mir Spaß, das macht mir Mut
Ich brauche ja solche Nähe
Sonst geht in mir das Maß kaputt
Für rechts und links, für schlecht und gut
Was nützt mir die Losung SOLIDARITÄT
Wenn jeder Verein mit ihr stiften geht
Und andern Genossen den Hals umdreht
– da muß ich schrein
    nein! nein! nein! nein!
Ja! Ja! Ja! Ja!
    wir gehn zusamm'!
      und das wird wahr

das Franco-Lied

F#
hm
F#
macht sich davon und
kommt drumrum um die
Hauptlektion die
B-dur
E7
A
fällig ist : die
Revolution, dann müßt ich
schrein nein! nein! nein! nein!
das darf nicht
sein!
D.C.
Schluß

Bedenkelied
(nach Tom Lehrer)

Bedenkt auch beim Krieg gegen Franco
Wenn ihr debattiert im Salon:
Das Schwein gewann all seine Schlachten
– und was haben wir? Wir haben
Lieder
Die schönen Lieder
Die traurigen Lieder
Und wir haben Lieder davon
– nur Lieder davon

Bedenke-Lied
A7 A D A7 D 7 A7 F# hm G7 D D7- C4 C C7+ H7+
Be-denkt auch beim Krieg ge-gen Franco wenn ihr deba-tiert im Sa-lon:
Das Schwein gewann all seine Schlachten und was haben wir
Wir haben Lie-der die schö--nen Lieder die traurigen Lieder und

wir ha-ben Lie-der da - von
E7
nur Lieder da-
am
von
tr
nur Lie - - - - der da
von
rit.

Ballade von den Spaniern im Dresdener Exil

Da hängt ein Bild. Schau dir das an!
Du siehst, gemalt aus lauter Grau:
Ein Mann – daneben Frau – und Mann
Mann – Mann – Frau – Mann – und noch 'ne Frau:
Portraits. In Öl. Mit Schmerz gemalt
Von Nuria Quevedo, hier
In diesem halben deutschen Land
Damit sie Spanien nicht verlier:
Er ist nicht alles, aber viel
– der Blick nach Haus aus dem Exil

Sieh dir das Bild an: neun mal schwarz
Stehn Haare um ein Steingesicht
Vom Warten grau, im Wartesaal
Der Weltrevolution. Und nichts
Sehn diese Augen noch, sie starrn
Verlorn in die Vergangenheit
Und eine sture Hoffnung hält
Die Köpfe hoch. Die sind bereit
Barfuß zu laufen bis zum Ziel
– den Weg nach Haus aus dem Exil

Die Steine. Sieh dir diese an
Aus Spanien vom Bürgerkrieg
Die Endmoräne! deren Rest
In Dresden an der Elbe liegt.
Und da am Rand, der blonde Stein:
Das ernste Kind. Da ließ sich (klar!)
Die eine mit 'nem Blonden ein
Der nie in solcher Trauer war
Für ihn bedeutet es nicht viel
– das große Bitterwort Exil

Ballade von den Spaniern im Dresdener Exil

-malt von Nuria Quevedo hier in diesem
halben deutschen Land, damit sie Spanien nicht verlier' er ist nicht
alles, aber viel: der Blick nach Haus aus dem Exil
D.C.

NACHSATZ

Was kann ich tun? Und was könnt ihr
Noch tun, daß die Genossen hier
Aus Chile – die jetzt bei uns sind
Mit Mann – Mann – Frau – Frau – Mann und Kind
Was tun? daß diese Menschen nicht
Bald auch mit solchem Steingesicht
Hier liegen bleiben (vierzig Jahr!)
Weil Pinochet doch stärker war
(Genossen, ihr versteht!)
Weil Pinochet noch stärker war
Als unser gutes starkes Wort
– *Solidarität*

Wir saßen am Feuer im Dunkeln [für Sylle]

Wir saßen am Feuer
im Dunkeln

Und sangen das Spanienlied
Die Alten kamen ins Schunkeln
Die Jungen kamen ins Schwärmen
Sie fanden den Abend so nett.

Du aber nicht. Ich sah dein Gesicht
Uns drehte sich das alte Lied
Wie ein rostiges Bajonett
In den Gedärmen.

Ein Wiedersehn

Nach soviel Jahren besuchte mich in der Chausseestraße der alte Genosse Walter T. aus Hamburg, ein Spanienkämpfer. 1945 hatte er mir auf einem kaputten Klavier gezeigt, wie »Die Moorsoldaten« gespielt werden. Wir waren damals in einem Heim für ehemalige Häftlinge untergekommen. Als er nun in der Tür stand, hab ich ihn gleich wiedererkannt, mit seiner Baskenmütze.

– Walter!

– Tja, Wolf. So siehst du also aus. Und kennst mich noch.

– Ich hab dich gleich wiedererkannt, Walter.

– Ich dich auch. Trotzdem.

– Ja, ich auch. Gleich.

– Von dir liest man allerhand Sachen. Nich?

– Aber du bist gar nicht alt geworden.

– Nee. Alt nich, aber älter.

– Sag mal, Walter, als du in Spanien warst. Die Trotzkisten. Ihr hattet doch auch trotzkistische Genossen bei.

– Tja, die . . .

– ?

– Jetzt hört man deinen Namen immer mal wieder im Radio. Bei uns drüben. Aber hier bei euch nich so.

– Nein.

– Du machst ja schöne Sachen. Ich hab gedacht: ob er mich noch kennt?

– Klar, Walter. Ich hab dich gleich in der Tür erkannt, mit deiner Baskenmütze. So doll hast du dich gar nicht verändert.

– Aber du. Du warst ja man soon klein' Buttje. Das war 'ne schöne Zeit im KZ-Heim. Weißt du noch? In Wandsbek.

– Alles noch. Jeden Tag ein Ei. Und das Klavier in dem Saal. Ich kann auch noch die Moorsoldaten.

– Ja, ja, die Moorsoldaten.
– Noch genau so wie damals. Soll ich mal?
– Na, mach mal!
– Tja, Wolf, die Moorsoldaten. Dein Vater war auch Moorsoldat, nich?
– Ja. In Ostfriesland. Er war aber auch Spanienkämpfer. Wie du.
– Wieso? Dein Vater war doch gar nicht in Spanien.
– Aber er ist im Spanienkrieg gefallen. Er hat doch im Hafen die Waffenschiffe sabotiert, die heimlich von Hamburg aus nach Franco geschickt wurden. Und dafür ist er in' Tod gegangen.
– Ja, so. In dem Sinne. Das kann man sagen.
– Du, Walter, erzähl mal. Da wo du warst, in den Interbrigaden, wie war das? Ihr hattet doch auch Trotzkisten.
– Tja, Wolf. Immer mal wieder. Da konnten wir uns damals nicht lange mit aufhalten, mitten in' Krieg. Mit denen . . .
– . . . wieso?
– Wiesowieso? So einer. Der wurde mal kurz auf Postengang geschickt. Und denn zwei von uns hinterher, und der Fall war erledigt. So einfach war das, mein Jung!
– Ja, Walter.

Comandante Che Guevara

Comandante Che Guevara

Uns bleibt, was gut war und klar war:
Daß man bei dir immer durchsah
Und Liebe, Haß, doch nie Furcht sah
Comandante Che Guevara

1
Sie fürchten dich, und wir lieben
Dich vorn im Kampf, wo der Tod lacht
Wo das Volk Schluß mit der Not macht
– Nun bist du weg – und doch geblieben

Uns bleibt, was gut war und klar war . . .

2
Und bist kein Bonze geworden
Kein hohes Tier, das nach Geld schielt
Und vom Schreibtisch aus den Held spielt
In feiner Kluft mit alten Orden

Uns bleibt, was gut war und klar war . . .

3
Ja, grad die Armen der Erde
Die brauchen mehr als zu fressen
Und das hast du nie vergessen
Daß aus den Menschen Menschen werden

Uns bleibt, was gut war und klar war . . .

4
Der rote Stern an der Jacke
Im schwarzen Bart die Zigarre
Jesus Christus mit der Knarre
– so führt dein Bild uns zur Attacke

Uns bleibt, was gut war und klar war:
Daß man bei dir immer durchsah
Und Liebe, Haß, doch nie Furcht sah
Comandante Che Guevara

Ballade vom Kameramann

am7- H7 em
Fäusten und nicht aus dem guten Gesicht Aus
em F H7
Mündungen kommt die Macht ja und kommt aus den Mündern
em C em
nicht Ge- nossen, das ist klar, das
C em C
ist und bleibt auch wahr das ist die bittere
em C F
Wahrheit der Unidad Popu- lar
em
Das ist uns ein lehrreicher Film ge-
em6- em em
worden Du siehst das Geschäft der Soldaten: das

em6-
Morden
Ich
em
sah diese Bilder, die jeder
em6-
kennt .... usw. ... und
em
wie er sich Zeit läßt beim Zielen, beim Zielen
ritardando
em
Der
Kameramann zielt ge-nau auf den
em6-
Mann an ...
der dann
em
Mann legt genau auf die Kamera
wackelt das Bild der Film reißt
em6-
ab
frei
das ist es was ich ge-sehen hab
Ach
em
Macht kommt aus den usw.

Chile
Ballade vom Kameramann

Genossen, nun sagt was! Erinnert sich keiner?
Mensch, wenigstens einer! Es muß hier doch einer
Den Namen noch wissen und wo und wann
Er starb, in Chile, der Kameramann!

In Santiago, im blutigen Jahr
Da fielen so viele, zu viele
Und das ist Chile in einem Wort:
Ein Mann filmt seinen Mörder beim Mord!

Ach, Macht kommt aus den Fäusten
Und nicht aus dem guten Gesicht
Aus Mündungen kommt die Macht ja
Und kommt aus den Mündern nicht!
Genossen, das ist klar
Das ist und bleibt auch wahr
Das ist die bittere Wahrheit
der UNIDAD POPULAR

Das ist uns ein lehrreicher Film geworden
Ich sah das Geschäft der Soldaten: das Morden
Ich sah solche Bilder, die jeder kennt:
Das Volk rennt über das Pflaster ums Leben
Und wie die Gewehre die Straßen fegen
Und wie sich Proleten hinlegen zum Sterben
Ich sah die Geschosse reißen die Kinder
Und wie sich die Frau'n auf die Toten schmeißen

Du siehst bei der Arbeit mit der MP
Besonders dies Vieh, dieser Bulle mit Stahlhelm
Wie der an den Kiefer die Knarre preßt
Und wie er sich Zeit läßt beim Zielen beim Zielen . . .
Der Kameramann zielt genau auf den Mann
Der Mann legt genau auf die Kamera an
Dann wackelt das Bild, der Film reißt ab
– das ist es, was ich gesehen hab:

Ach, Macht kommt aus den Fäusten
Nicht nur aus dem guten Gesicht
Aus Mündungen kommt die Macht ja
Und nur aus den Mündern nicht!
Genossen, das ist klar
Das ist und bleibt auch wahr
Das ist die kostbare Wahrheit
der UNIDAD POPULAR
Die Kugel kam aus der Knarre
Die kam aus der Kamera nicht!
Und unser Kampf geht da weiter
Wo dieser Film abbricht:
Mit Knarre und Gitarre
Genossen, das ist klar
Und das ist die ganze Wahrheit
der UNIDAD POPULAR

Und als wir ans Ufer kamen

Und als wir ans Ufer kamen

Und als wir ans Ufer kamen
Und saßen noch lang im Kahn
Da war es, daß wir den Himmel
Am schönsten im Wasser sahn
Und durch den Birnbaum flogen
Paar Fischlein. Das Flugzeug schwamm
Quer durch den See und zerschellte
Sachte am Weidenstamm
– am Weidenstamm

Was wird bloß aus unsern Träumen
In diesem zerrissnen Land
Die Wunden wollen nicht zugehn
Unter dem Dreckverband
Und was wird mit unsern Freunden
Und was noch aus dir, aus mir –
Ich möchte am liebsten weg sein
Und bleibe am liebsten hier
– am liebsten hier

Und als wir ans Ufer kamen

Legende vom sozialistischen Gang

1
Ihr großen Helden, macht Pause! Kommt 'ran!
Hört an die Geschichte vom kleinen Mann
Paul Kunkel: Klempner, DDR-Prolet
Der seit Fünfundvierzig am Schraubstock steht
Im Klinikum Buch die Dreckarbeit macht
Und dabei singt. Und flucht. Und lacht
– der alte Narr hat sich eingereiht
In jene Zahl, die zum Himmel schreit:
Die Bürger mit »Antrag« – ach, viele mal zehn
Tausend! wolln alle nach Westen gehn.
Sie wollen vom glücklichsten Land der Welt
Nach Dorthin wo die Krise bellt
– Hier nimmt die Gerechtigkeit anderen Lauf:
Mit Staub von dreißig Jahren drauf
Pauls dünne Kaderakte im Schrank
– *und alles geht sein' sozialistischen Gang*

2
Die Kaderleiterin schreckensbleich
Der Klinikdirektor ruft mal gleich
Im MfS[1] an. Dann MfGe[2]
Und beide geben ihm ihr Okay
Wo leben wir denn! Das hat keinen Zweck:
Der Mensch muß raus! So was muß weg!
Der Be-ge-eller[3] kommt grade rein
Unterschreibt den fristlosen Kündigungsschein
Aus seiner Mördergrube macht
Er hier beim Chef kein Herz. Er lacht
Und stöhnt: Wer hätte das gedacht
Daß Kunkel gemeinsame Sache macht
Mit den Faschisten in Bonn! mit Strauß!
Genosse Direktor, der Mensch muß raus!
Wir sind hier im Krankenhaus doch nicht krank!
– *das geht jetzt sein' sozialistischen Gang*

3
Der Be-ge-eller trommelt dann
Mal kurz die BGL zusamm:
Kollegen, klar, Ihr alle wißt
Daß K. ein Fall geworden ist
Für unsre Organe. Ihr wißt auch warum:
Mit 50 Jahren so frech! so dumm!
Nach drüben will er! Zum Klassenfeind!
Klar, daß ihm keiner 'ne Träne nachweint
Wir werden auch nicht, uns selbst zum Hohn
Den Mann hier halten mit gutem Lohn
Ich war schon eben zum Chef hoch und
Hab unterschrieben. Der Kündigungsgrund:
Herr Kunkel ist nicht mehr tragbar hier
In unserer Klinik. Ich meine: wir. Wir
Wir haben die Macht hier, gottseidank
– geht alles sein' sozialistischen Gang!

4
Doch eine Kollegin der BGL
Steht auf und fragt: Warum – so schnell?
Und überhaupt. Paul Kunkel war
Ein Arbeitstier seit 30 Jahr
Und für die Kinder, wie du weißt
Hat er das Karussell geschweißt!
Und dann noch steht ja gar nicht fest
Ob man den Paule Kunkel läßt!
Ich, nur als Mensch, stimm da nicht zu
Und unterschreiben durftest du
Erst, wenn wir einverstanden sind
Es gibt Gesetze. Und ich find
Das überhaupt 'n Ding. Und schon
Ein Fall für die Konfliktkommission
Das darf nicht auf die lange Bank
– dann geht das sein' sozialistischen Gang!

5
Der Specker starrt die Kollegen an
Und knirscht mit seinem Kuchenzahn:
Na gut, na schön – ich ahnte nicht
Daß hier noch einer für den spricht!
Und zur Kollegin knurrt er kalt:
So wirst du hier bei mir nicht alt
In unsrer BGL. So nicht!
Wer nicht knallhart mit Kunkel bricht
Wird spüren, wer in unserm Staat
Die Macht hat! – Und da trat
Jene berühmte Stille ein
In der die Leut nach innen schrein.
Abstimmung! Hand hoch! gegen Paul!
– der Bonze steht mit offnem Maul:
Nicht *ein* Kollege hebt die Hand
– nun geht es sein' sozialistischen Gang

6
In der Gewerkschaft geht es rund
Sie reden sich die Zungen wund:
Kollegen! Kunkel, das ist klar
Daß der ein Feind ist. Ist und war!
Er will aus *dem* Staat, der gedeiht
(und wie du keinen bessren findst!)
Der sich dem Wohl des Volkes weiht
Nach drüben will er! wo sie grinst
Die Krise! Wer nach drüben will
Nachdem er 30 Jahre still
Genossen hat, mit uns das Glück
Und will nun in den Sumpf zurück
Den lassen wir – wie sag ichs bloß –
Doch nicht auf unsre Kranken los!
Nun stimmt schon zu – und macht halblang
– dann geht das sein' sozialistischen Gang!

7
Es bleibt dabei, sie sagen Nein!
Und alles Drohen, alles Schrein
Der Leitungskader macht ja nur
Aus Angst die Leute doppelt stur
Nichts hilft: entlassen werden kann
Ohne Gewerkschaft hier kein Mann
Sonst geht am Ende Kunkel Paul
Noch vor Gericht und nimmt sich Kaul
Als Anwalt. Lenin lehrt zum Glück:
Zwei Schritte vor – vier Schritte zurück
Wenn es nicht möglich ist, den K.
Zu feuern, bleibt am Ende ja.
Die Ausweisung nach Westen. So
Zum guten End sind alle froh
Und sind ihn los, diesen Gestank
– *und alles geht sein' sozialistischen Gang*

8
Der Brief an Kunkel kommt sehr bald.
»Zur Klärung eines Sachverhalts«
Wird er geladen. Und er geht
Ins MdI[4]. Und vor ihm steht
In vollem Wichs ein Offizier
Der sagt: Sie unterschreiben hier
Daß Sie freiwillig rübergehn
– Paul Kunkel bleibt die Pumpe stehn
Er stammelt: Ja, ich meine: Nein!
Wie soll das noch mein Wille sein?
Wie kann ich jetzt noch rüber gehn
Wo hinter mir die Kumpels stehn
– ich meine: hier auf Arbeit, die
Kollegen. Nein, nein, lassen Sie!
Ich bin auch lieber . . . mitten mang
– *jetzt gehts ja den sozialistischen Gang* . . .

[1] Ministerium für Staatssicherheit
[2] Ministerium für Gesundheit
[3] hauptamtlicher Funktionär der Betriebs-Gewerkschafts-Leitung
[4] Ministerium des Innern

das geht sein' sozialistischen Gang

Der Jenaer Memfis-Fan-Club-Blues

Der Jenaer Memfis-fan-club-blues

Mann, hab ich 'ne Masse Fans! Allein
In Jena verehrt mich ein ganzer Verein.
Kaum mach ich 'ne Biege im Auto, dann
Lassen die Fans ihre Motoren an.
Sie scheuen die Kosten nicht, keine Mühn
Verkutschen für mich das Superbenzin.
Die Fans fahren WARTBURG und SHIGHULI
Mit ihren Funkgeräten folgen sie
Mir kinderleicht, dann freun sie sich
Und starrn mir nach, bewundern mich.
Doch niemals haut mich einer an
Um Starfoto oder Autogramm.
Die stille Liebe hat mich gerührt,
Ich hab ihre Autonummern notiert.
Jetzt sing ich den Freunden in Jena zum Gruß
– den Jenaer Memfis-fan-club-blues:

ND 73–66
SX 32–54
NC 42–33
NW 61–10

NN 68–43
ND 25–75
NX 80–67
SX 76–57

NW 25–95
NS 11–29
Und wenn das schon alle warn
dann kannst du dich freun! –

Mein Namensvetter, der Manager Bier-
Mann wurde in Jena jetzt Generaldir-
Ektor, der mit dem Peitschenknauf

Den kapitalistischen Dauerlauf
Dem fußkranken »VEB Zeiss« beibringt.
Und alles, was krank feiert, hustet und hinkt,
Manch Sesselfurzer im Nylonhemd
Flog auf die Straße. Boß Biermann kämmt
Mit eisernem Kamm die Läuse raus.
Da lachten die Arbeiter – doch nicht lang,
Nun wird ihnen selber angst und bang:
Nun steigen die Normen – der Lohn bleibt stehn,
Der Reingewinn wuchert in höchste Höhn.
So liefert Boß Biermann auf einen Streich
Das Geld und die Arbeitskräfte zugleich
Für jene Firma, die wachsen muß:
– den Jenaer Memfis-fan-club-blues.

So, wie die Namen Schall und Rauch
Sind es die Stasi-Nummern auch.
Die Zeiten wechseln, eins nur nicht,
Diese Gesichter ohne Gesicht:
Verkrachter Lehrer. Ex-Student.
Assi mit zwei linke Händ.
Der Dreher, der nicht gerne dreht.
Der Kraftprotz, dem der Schwanz nicht steht.
Der Knacki, der sich bewähren muß.
Die Hippe ohne Fachabschluß.
Der Künstler, der sich Nacht und Tag
Quält, weil ihn keine Muse mag.
Das arme Schwein, das sich im Knast
Erpressen ließ. Die Frau, die fast
Nach drüben kam mit Paß und Schmus
– sie sind mein Memfis-fan-club-blues!

ND 73–66
SX 32–54
NC 42–33
NW 61–10

NN 68–43
ND 25–75
NX 80–67
SC 76–57

NW 25–95
NS 11–29
Und wenn das schon alle warn
dann kannst du dich freun!

Anmerkungen:
Memfis: DDR-Knastjargon für MFS (Ministerium für Staatssicherheit)
Assi: DDR-Jargon für sogenannte Asoziale

Ballade vom Aale räuchern

Klammheimlich hinterm Haus in der Tonne
So wird er bei uns geräuchert: der Aal
Der deutsche, der demokratische Aal
Mit Buchenholzscheiten, mit Vorsicht und Wonne!
Der fischige fröhliche Räucher-Rauch
Zerdröselt schon halb im Holunderstrauch
Den Rest leckt das himmlische Kind, der Wind
Fix über dem Blätterdach weg. Ja und
So merkt es eben kein Schweinehund
Daß wir hier am Räuchern sind!

Eßt bloß nicht die frischen Aale so heiß
Wie sie von der Stange kommen! Ich weiß:
Nur, weil sie so duften und leise schrein:
Beiß rein! beiß rein! beiß rein! beiß rein!
– nee, nee! wir warten! und schlucken schon mal
Vom selbergemachten Johannisbeerwein
Ein' Klein' – ein' Klein' – und noch ein' Klein'
Und sacken die Aale und gehn schon mal rein
Da kommt nämlich auf unsre Räucherei
von Westen so 'n tintiger Wolkenbrei!

Jetzt geht auch Regen. Jetzt pickert der Wind
Die ersten Tropfen ans Fenster. Mann!
Das is schon kein Wind mehr, Was is das?
Ein müder Sturm! – was heißt hier Sturm –
Das ist ja schon ein gelinder Orkan!
Nun ran! du sollst, du seltener Wurm
Nicht gegen den harten Devisenstrom
Gen Westen schwimmen! Du sollst, komm her!
Schön schwimmen in meinem östlichen Bauch
Quer durch das rote Johannisbeer-Meer!

NACHSATZ

Beim ersten Biß und beim letzten Biß
Denk ich an Sigi Faust, den Freund
Ein Landeskind, das jetzt, wo hier munter
Der Aal schwimmt und der Westwind jault
In Cottbus, im »VEB-Knast« verfault
Mit fließend Wasser (die Wände runter)!
Ein kranker Mann im Kellerloch
Mit Krätze, mit Hunger und Haß im Magen
Zum Krüppel vom Meister im Knüppelschlagen
Gemacht! – sitzt vier-ein-halb Jahre ab.
Und nicht, weil er Aale geräuchert hat.

Ballade von der alten Stadt Lassan
Am Peene- strom am Peenestrom da liegt ein
da da auf Grund und träumt und kommt nie
Wrack aus Holz und Stein seit fünf mal
los und wird nie flott und möcht gern
hun- dert gleichen Jahren, die alte Stadt La-
auf die Ostsee fahren
ssan Die Stadt liegt -san
usw
die Fischköpfe
faulen im Sommerglast, und der Kirchturm ist ein stolzer
Mast, die Bäume machen den Wind ...
usw

Ballade von der alten Stadt Lassan

Am Peenestrom, am Peenestrom
Da liegt ein Wrack aus Holz und Stein
Seit fünf mal hundert gleichen Jahrn
  die alte Stadt Lassan
Die Stadt liegt da auf Grund und träumt
Und kommt nie los und wird nie flott
Und möcht gern auf die Ostsee fahrn
  die alte Stadt Lassan

Die Fischköpfe faulen im Sommerglast
Der Kirchturm ist ein stolzer Mast
  die Bäume machen den Wind
Doch nie kommt die Stadt vom Festland los
Auf große Fahrt. Das kommt wohl bloß
  weil keine Segel da sind

Das kleine Sägewerk frißt den Wald
Die Möwen hören auf mit Schrein
Da reiten wir auf dem Fischerboot
  in' stillen Hafen ein
Der Diesel tuckert sich sachte aus
Wir machen das Boot fest hinterm Wind
Und steigen an Land und wundern uns
  daß wir noch in Deutschland sind

Das ist hier die hochberühmte Stadt:
Hier hat vor dreimal hundert Jahrn
Der schwedische Kaptain die Sensation
  das Affenvieh mitgebracht!
Der Aff mit dem blauen Matrosenlatz
Der Schwede wurde so schön getraut
Da taufte sein Affe vom Kirchturm hoch
  mit Pisse den Pfaff und die Braut

Und als ich mit Tine den Turm hochstieg
War nix mehr da – kein Mensch, kein Aff
Kein Kaptain, der grade Hochzeit macht
kein Glockenton und kein Pfaff
Wir konnten mit bloßem Auge vom Turm
Die Losung lesen am KONSUM:
»Der achte Parteitag der SED
bestimmt unser Denken und Tun!«

Die Sicht war gut, der Blick war schön
Drumrum das Land lag erntesatt
Das Achterwasser stand faul und glatt
weil es kein Schiff drauf hat
Der Holzwurm tickte im Glockenstuhl
Wir schwiegen eine Ewigkeit
Ich küsste der Tine paar Tränen vom Mund
ich pflückte ihr Spinnweb vom Kleid

Der Abend trieb uns mit steifem Wind
Zum Hafen runter ins Boot. Ich nahm
Die Kurbel und warf den Diesel an
und ab! ging es mit dem Kahn
Die Wellen schluckten und spuckten uns aus
Und über die Bugplanken klatschte die Gischt
Wir küssten uns, und wir merkten es nicht
wie hastig die Sonne verlischt!

Da schrie meine Schöne und riß mich rum
Was geht da los?! Mann, kuck das an!
Da sah ich die alte Stadt Lassan
Im Sturmwind nach Norden fahrn!
Der Schwede lachte, der Affe hing
Kopfunten im Mastkorb und winkte verwegen
Und eine Fahne flattert am Mast:
»Dem neunten Parteitag entgegen!«

Ich weiß nicht, wie unser Boot die Nacht
Im Regen den Kurs nach Hause fand
Ich krallte mich an dem Ruder fest
    mir war von den Wellen so krank
»Mein Lieber, das machen die hohen Welln
Das kommt von den Losungen, die du kennst
Du siehst schon Gespenster, wo Menschen sind
    – und Menschen in manchem Gespenst.«

Am Peenestrom, am Peenestrom
Da liegt ein Wrack aus Holz und Stein
Seit fünf mal hundert gleichen Jahrn
    die alte Stadt Lassan
Die Stadt liegt da auf Grund und träumt
Und kommt nie los und wird nie flott
Und möcht gern auf die Ostsee fahrn
    die alte Stadt Lassan

Und wir hatten keine Höhle
dm
dm
Und wir hatten kei-ne Höhle
Und wir schliefen
A7
und wir fan-den kein Ver- steck
1.
dm
wie 1. Takt
C7 F am° G5 A7 dm7 am°
nackt im Dreck. Ir-gend ein Loch brauchen wir doch, da oder
G5 A7 dm7 B7 am7
hier, du Menschentier, mein Men — schen —
dm
tier.

Und wir hatten keine Höhle

Und wir hatten keine Höhle
Und wir fanden kein Versteck
Und wir schliefen im Gegröle
Und wir saßen nackt im Dreck

irgend ein Loch
brauchen wir doch
da oder hier
du Menschentier
mein Menschentier

Diese Stadt hat uns erbrochen
In die Nächte laut und hell
Doch wir haben uns verkrochen
Einer in des andern Fell

irgend ein Loch
brauchen wir doch
da oder hier
du Menschentier
mein Menschentier

Mann, die Stadt is tote Hose
Und die Häuser stehn dumm rum
Und was fest war, das is lose
Und was grade war, is krumm

irgend ein Loch
brauchen wir doch
da oder hier
du Menschentier
mein Menschentier

Ich troll nach Haus [Harry sein Blues]

Ich troll nach Haus
(Harry sein Blues)

ich troll nach Haus
ich roll nach Haus
ich soll nach Haus
ich woll nach Haus
nach Weib un Kind
un bin schön voll, voll
wie ein Stint

    wie kommt das?
    sag mir, was das soll:
    die Straßen leer
    un ich so schön voll

oh! oh, mein Bauch!
oh, in mein' Bauch
oh Mann, mein Bauch!
Mann, in mein' Bauch
dreht sich so schnell
die Biermusik
das Karussell

    wie kommt das?
    sag mir, was das soll:
    die Stadt so leer
    un ich so schön voll

oh! oh, mein Kopf
oh Mann, mein Kopf?
wo is mein Kopf!
das is nich gut!
der war doch grad noch
unterm Hut!

wie kommt das?
sag mir, was das soll:
die Welt so leer
un ich so schön voll

ich freu mich schon
au! meine Schuh
die neuen Schuh
verdammt! die Schuh
zu Haus is schön
da kann ich schön in
Latschen gehn

wie kommt das?
sag mir, was das soll:
die Straßen leer
un ich so schön voll

Das kann doch nicht alles gewesen sein

Das kann doch nicht alles gewesn sein
(Lied vom donnernden Leben)

Das kann doch nicht alles gewesn sein
Das bißchen Sonntag und Kinderschrein
das muß doch noch irgendwo hin gehn
hin gehn
Die Überstundn, das bißchen Kies
Und aabns inner Glotze das Paradies
da in kann ich doch keinen Sinn sehn
Sinn sehn
Das kann doch nich alles gewesn sein
Da muß doch noch irgend was kommen! nein
da muß doch noch Leebn ins Leebn
eebn
He, Kumpel, wo bleibt da im Ernst mein Spaß?
Nur Schaffn und Raffn und Hustn und Haß
und dann noch den Löffl abgebn
gebn
Das soll nun alles gewesn sein
Das bißchen Fußball und Führerschein
das war nun das donnernde Leebn
Leebn
Ich will noch 'n bißchen was Blaues sehn
Und will noch paar eckige Rundn drehn
und dann erst den Löffel abgebn
eebn

Das ist eine plebejische Lesart des Evangeliums. Allerhand modernere Christen sagen: Gott ja, der Jesus! gelebt hat er, ans Kreuz geschlagen wurd er. Die Auferstehung aber ist nichts als eine fromme Lüge. Ach, wenn diese Armen die wunderbare Auferstehung Jesu verleugnen, Genossen, dann wollen wir ihnen das Evangelium predigen auf unsere, auf weltliche Art. Denn Auferstehung ist das kostbare Gleichnis vom Sieg der Menschen über den Tod. Wir nämlich auferstehen in unseren Kindern, in unseren Werken, in Aufständen und wenn wir aufstehen und zugrundegehn in dieser Revolution.

Rotgefärbter Tatsachenbericht vom wahren Leben und Tod des Jesus Christus

1.
Wahr ist, daß seine leibliche Mutter
Ihrem Ehemann Hörner aufsetzte. Die edle
Einfalt des Zimmermanns aber rettete Maria
Vor der üblichen Todesstrafe. Das auch scheint erwiesen:
Männlichen Geschlechts war das Kind
Der Knabe also gedieh leidlich
Mut und Pfiffigkeit der Mutter
Bewahrten ihn vor schlimmeren Ungelegenheiten
Gelegentlich der staatlich verordneten
Abschlachtung sämtlicher Säuglinge
Deren habhaft werden konnten die Häscher
Des Königs Herodes. Wahr ist wohl auch
Jene Meldung, daß der Knabe ungenügend
Beaufsichtigt, Respekt vermissen ließ
Vor alten Herrn und durch vorwitzige
Reden (altkluge, öffentliche) frühzeitig
Von sich reden machte

2.
Wahr ist: der oben Bezeichnete imponierte
Dem ungebildeten Volk auf den Marktplätzen
Durch allerhand raffinierte Kunststücke
Womit er den Pöbel glauben machen wollte
Er sei GOttes Sohn. Das gelang ihm.

Durch verwirrende Sit-inns und Go-inns
Hetzte er einen Haufen Niedere auf
Gegen die sogenannte Gewaltherrschaft
Des Unglaubens, des Irr- und Aberglaubens
Im Land des Fremdherrschers Herodes
Leugnete frech, einen Staatsstreich zu planen
(»Mein Reich ist nicht von dieser Welt!«)
Gründete aber eine Kommunistische Partei
Mit einem Politbüro an der Spitze, getarnt
Als sogenannte Jünger, in Wahrheit aber
Elf Berufsrevolutionäre und einer unter ihnen
Judas, Agent des herodischen Geheimdienstes.

3.
Wahr ist, daß besagter Verräter seinen Chef
Auf dessen eigenen Wunsch hin hochgehn ließ
Er verriet den, der verraten werden wollte
Auf delikate Weise: durch einen Kuß
Machte er ihn dem Einsatzkommando der Polizei
Kenntlich. Besagter Verräter soll sich danach
Geschämt haben. Aber nicht zu Tode. Wahr ist
Auch das: im Tonfall der Demut brüskierte
Dieser Christus das Gericht durch Hochmut
Sein Mangel an Reue war skandalös. Vielmehr
Beharrte er auf den ungesetzlichen Ansichten
Die ihn hatten werden lassen zu *dem*
Was er eben war. Er erklärte vor Gericht
Das Gericht für nicht zuständig. So
Nahm die Gerechtigkeit ihren Lauf.

4.
Wahr ist, daß man den zum Tode Verurteilten
Hetzer massive Balken schleppen ließ, den
Intellektuellen strafte mit körperlicher Arbeit
Wahr ist auch, daß der schwächliche Mann
Schwer trug an jenem Holzkreuz. Anspucken
Ließ man ihn, den überführten Entlarver
Peitschen und verspotten von denen, die er
verhetzt hatte vordem. Aus Schikane zerrten
Die Polizisten ihn über volkreiche Plätze

Und also vorbei auch an seinen untergetauchten
Oder einstmaligen Genossen, so daß diese
Ihre Gesichter abwandten von ihm vor Scham
Und kannten ihn nicht mehr, und sie ließen ihre
Füße sich seitwärts irren, aus Furcht.

5.
Nicht
Wahr ist, daß hinlänglich Gezeichneter
Den großen Tod starb am Kreuz. Und nicht
Wahr ist, daß der Leichnam drei Tag darauf
Eine steinerne Grabplatte lüftete. Und nicht
Wahr, daß Jesus gen Himmel flog als ein anderer
Diese Lesart ist eine Legende, verbreitet
Vom harten Kern seiner Jünger, die all das
Unter die Leute streuten, nur, um sich selbst
Und auf lange einen Namen zu machen. Das gelang.

6.
Wahr
Ist: Jesus Christus, eskortiert von Beamten
In Zivil, schleppte er sich durch Dörfer, durch
Städte des heiligen Landes. Solange trug er
Sein Holz durch immer stillere Jahre, solange
Bis die Männer sagten, wenn er vorbei kam: Ach,
Was tuts, er lebt ja noch. Immerhin, sagten die Fraun
Der hat Glück: Besser, er trägt das Kreuz
Als das Kreuz trägt ihn!
Und Jesus weinte ohne Tränen und lernte nun das:
Ein lebender Märtyrer, der ist sehr tot.

7.
Und die Straßenkinder gewöhnten sich an den
Wunderlichen mit dem morschen Kreuz auf dem Ast
Und die Straßendirnen gewöhnten sich an den
Anblick, wie auch die Straßenpolizisten. Und
Jesus Christus gewöhnte sich an sich und sein
Sperriges Gepäck. Bald schon wurden die Schmähungen
Rar. Der Speichel floß nun sparsamer. Kein

Schwanz bemerkte ihn noch. Bald auch konnte er
Sich nicht mehr erinnern wie alles gekommen war.
Sogar Herodes vergaß auf den Fall.

8.
Als seine Wächter endlich darauf kamen,
Daß Christus seine Schand-Runden durch das Land
Auch alleine drehte mit dem Kreuz, da blieben sie
Zu Haus und wässerten ihre Gärten hinterm Haus.
Oliven gab es mal gute mal keine, Erdbeben, auch
Kleinere Kriege. Brot wurde gebacken. Kinder
Gemacht. Steuern hinterzogen. Wein gekeltert.
Der alte Sonderling aber ging unbemerkt unter
Im gewaltigen Alltag. Und die berühmten
Requisiten? Was blieb von der Legende? Wahr
Ist: Er wurde geschlagen, ja, an das Kreuz
Nämlich: der grauen Jahre. Die Nägel
Die drei, waren nichts weiter als
Furcht und Schwäche und Vergeßlichkeit. Die
Dornenkrone, auch sie: Nichts, als
Eine gelungene Methapher für des Menschen
Endlichkeit. Der Essigschwamm: Nichts
Als ein Schwamm voll mit Essig.

9.
Die A u f e r s t e h u n g aber, diese
Schamloseste der Erfindungen, ist wahre Lüge
Und dauert. Und wird dauern bis die Götter
Menschen geworden sind und die Menschen
Götter. Bis dahin – und keinen Tag länger.

Lied vom Roten Stein der Weisen

Den Roten Stein der Weisen, gib zu!
Den gibts doch nicht. Genosse, auch du
Den gibt es doch nicht, Genosse, auch du
du hast ihn nicht gefunden.

Wir haben wie blödes Federvieh
Mit rotem Kamm und Kikerikii
Zum Gaudi für die Bourgeoisie
uns oft genug zerschunden.

Der Kampf ist hart, und unser Feind
Ist schlau und hat sich längst vereint
Ist schlauer als wir! und hat sich vereint
und will uns einzeln schlagen.

Genossen! fragt nicht penetrant
Wie in dem Märchen hirnverbrannt:
Wer ist der Linkste im ganzen Land?
– das kann kein Spiegel sagen.

Lied vom roten Stein der Weisen
dm em am
Den ro-ten Stein der Weisen gib zu
am F6 dm em am
am G D E
den gibts doch nicht! Ge-nos-se, auch du, den
am
am em F7 A 7 -9 dm F6
gibt es doch nicht, Genosse auch du, du hast ihn nicht ge-
E4 E3 am
fun-den
usw.

Handschmeichler

Handschmeichler, die Japaner
nennen meergeschliffene Steine so
    groß genug, daß sie in der Hand sich nicht verlieren
    klein genug, daß sie die laxe Faust nicht sprengen
    bald schon schmeichelt der Stein meiner Hand
    sie habe fünf Augen

im Ebenmaß der Rundung entdecken meine Finger
die erheblichen Abweichungen
an der glatten Oberfläche nämlich
tun Klüfte sich auf

mit geübtem Griff schmeichelt meine Hand
den Unregelmäßigkeiten des Steines
    die Unvollkommenheiten! sie vollenden
    die Vollkommenheit der Form, so auch
    im Gedicht, so auch
    in diesem

Ballade vom preußischen Ikarus
am
am am am am
Da, wo die Friedrichstraße sacht den Schritt über das Wasser
die Weiden...
am
dm 6/9
macht, da hängt über der Spree
Dann
A4/6- A7 dm A7 dm A4/6- A7 dm
bin ich der preußische Ikarus mit grauen Flügeln aus Eisenguß dann
A4/6- A7 dm
tun mir die Arme so weh
er
A4/6- A7 dm A7 dm A4/6- A7
fliegt nicht hoch und er stürzt nicht ab macht keinen Wind und

C7 F A4/6- A7 B7
mach nicht schlapp am Ge – länder über der Spree
dm A7
dm A7
E7 am

Ballade vom preußischen Ikarus

1\. Da, wo die Friedrichstraße sacht
Den Schritt über das Wasser macht
da hängt über der Spree
Die Weidendammerbrücke. Schön
Kannst du da Preußens Adler sehn
wenn ich am Geländer steh

dann steht da der preußische Ikarus
mit grauen Flügeln aus Eisenguß
dem tun seine Arme so weh
er fliegt nicht weg – er stürzt nicht ab
macht keinen Wind – und macht nicht schlapp
am Geländer über der Spree

2\. Der Stacheldraht wächst langsam ein
Tief in die Haut, in Brust und Bein
ins Hirn, in graue Zelln
Umgürtet mit dem Drahtverband
Ist unser Land ein Inselland
umbrandet von bleiernen Welln

da steht der preußische Ikarus
mit grauen Flügeln aus Eisenguß
dem tun seine Arme so weh
er fliegt nicht weg – und stürzt nicht ab
macht keinen Wind – und macht nicht schlapp
am Geländer über der Spree

3\. Und wenn du wegwillst, mußt du gehn
Ich hab schon viele abhaun sehn
aus unserm halben Land
Ich halt mich fest hier, bis mich kalt
Dieser verhaßte Vogel krallt
und zerrt mich übern Rand

dann bin ich der preußische Ikarus
mit grauen Flügeln aus Eisenguß
    dann tun mir die Arme so weh
dann flieg ich hoch – dann stürz ich ab
mach bißchen Wind – dann mach ich schlapp
    am Geländer über der Spree

Vorworte

1.
Dieser Westen! Wenn ich geahnt hätte, daß sie mich nicht zurück lassen, wäre ich nicht gefahren. Wenn ich geahnt hätte, was mir hier blüht, wäre ich vielleicht doch gefahren. Wenn ich gewußt hätte, was nach meiner Ausbürgerung in der DDR losgehen würde, wäre ich bestimmt gefahren. Losgegangen sind seitdem viele. Und daß auch einige weggingen, ist schlimm, aber verheerend nicht. Verheerend war dieser Friedhofsfrieden, die Resignation.
Und die Herrschenden in der DDR? Wenn sie gewußt hätten, was sie da gegen sich in Gang setzen, vielleicht hätten sie mich dann lieber nochmal tausend Jahre in der Chausseestraße machen lassen. Mit dem obligaten Medienrummel des Westens hatten sie gerechnet, aber nicht mit der sozialistischen Unruhe im eignen Land. Hätte – wäre – wollte – sollte – könnte. Es ist nun wie es ist, es ist, wie es werden wird.

2.
Warum wurde Ikarus so viel berühmter als sein Vater? Warum ist nicht der Vater tiefer eingekerbt in unser Gedächtnis, der es doch geschafft hat? Daedalus hatte den guten Einfall mit den künstlichen Flügeln, Daedalus baute sie aus Adlerfedern und Bienenwachs. Und Daedalus war klug, er flog nicht zu tief am Wasser, nicht zu hoch an der Sonne und schaffte so die Flucht von der Insel Kreta über das Meer, in dem der Sohn ertrank. Dummkopf, der auf den Vater nicht hören wollte. Oder was?

3.
Die Weidendammerbrücke in Berlin stammt aus der wilhelminischen, aus der preußischen Gußeisenzeit. Die Ornamente des Geländers kulminieren in der Mitte zum preußischen Adler. Und als ich mich eines Tages vor diesen verhaßten Vogel hinstellte und dann ein Foto sah, das mein Freund von dieser halbalbernen Szene geschossen hatte, da wuchsen mir die Eisenflügel aus den Schultern, da hatte mich wieder diese ganze Furcht vor einem Absturz eines Tages. Eines schlimmen Tages im Westen. Falls ich im Westen leben müßte, das wußte ich, würde ich nie wieder

eine Zeile schreiben. Ich *muß* ja nicht. Ich bin ja nicht einer, der Lieder absondern muß wie andere Leute Lyrik. Dachte ich. Und wenn sie mich schon rausschmeißen, dann noch lieber irgendwohin nach Osten, in vergleichbare Länder. Dort würde ich die Sprache lernen müssen, aber nicht die Gesellschaft. Dort könnte ich überleben, dort könnte ich mich nützlich machen. Dachte ich.

4.
Hamburg. Nein, nicht nichts als Nieselregen! ich genieße den schönsten Sommer in dieser Stadt und ein Westdach über dem Kopf. Um mich, die vertrauten Buchrücken in die alte Ordnung gebracht, die alten Ledersessel, der geliebte Sperrmüll aus der Chausseestraße. Keins der Bilder von damals ist schon gehängt, aber die Gitarren sind gestimmt. Eine Neuanschaffung: die elektrische Schreibmaschine, damit die langen Nägel der rechten Hand nicht brechen. Wenn dieses Buch erscheinen wird, habe ich knapp zwei Westjahre abgerissen. Das Manuskript liegt schon beim Setzer: die letzten Ost-Texte und die ersten West-Texte sollen zwischen ein Paar Buchdeckel und in der Mitte eine Mauer, ein leeres Blatt. Und weil ich mit ihnen jetzt nicht reden kann, will ich ein Vorwort schreiben vor allem für meine Leser in der DDR. Leser! was für ein flottes Nebelwort für Menschen mit so verschiedenen Augen, mit so entgegengesetzten Interessen! Und weil ich nicht so ins Blaue der Literatur hinschreiben kann, stelle ich mir die Gesichter meiner Freunde vor in Ost-Berlin und meine Nachbarn und die Gemüsefrau. Und Kohlen-Otto, der noch eine Ballade bei mir gut hat, mein Kumpel, der Kohlenträger, der schon in den Brikettthimmel aufgeflogen ist und dessen Namen ich hier auch ohne Sorge hinschreiben kann wie den meines Freundes Robert Havemann. Aber wie da rüberkommen, über diese zwei Jahre, über die Staatsgrenze und wie über die Ängste vorm Prosaschreiben? Das ist schwerer als mit Liedern über die Rampe kommen. Von der Bühne aus ist es mir leichter, da sind vielleicht ein paar tausend Menschen. Aber dieses dunkle Stück Menschheit um den Schreibtisch!
Ich sitze am offenen Fenster zum Garten. Draußen kreischen die Kinder vor Lust am Schreck, wenn sie über den Rasensprenger jumpen und kriegen sich nicht ein vor Lachen. Hier wohnen wir jetzt, richten uns ein. Nicht auf lange, aber auf länger in diesem Hamburg. So idyllisch ist das Exil.

5.
Mein erster Auftritt nach 12 Jahren Schnauzehalten in der Sportarena von Köln vor siebentausend Menschen! Damals kamen dann etliche und sagten: Das war aber verrückt! du hast gesungen und gesprochen da auf der Bühne und vor den Fernsehkameras, als wärest du privat mit sieben Leuten in der Chausseestraße in deinem Zimmer. Da dachte ich, wie verrückt das Verrückte sein kann. Denn in der Chausseestraße sagten oft Besucher: Mensch! du singst, als ob wir hier ein paar Tausend in einem Saal sind. Ja, und das stimmt! Im Saal sang ich das Zimmer mit. Und im Zimmer sang ich den Saal, sang unter der Decke die Öffentlichkeit, und so kriegte ich den polititschen Ton in die Lieder. Nun aber, vor den vielen Menschen, kann ich für den einzelnen singen in der Menge, für eine Menge einzelner, vereinzelte Linke, die sich in Köln wieder fühlten als was Ganzes, wenigstens 4 $^1/_2$ Stunden lang.

6.
Ja, ich habe sie hier drüben auf den Hut gehaun, und sie haben mich in die Eier getreten. Weiber, Geld und Luxusleben. Der rote Barde in der roten Villa. Lacht mich aus, ich habe es nicht geahnt, daß die Springer-Zeitungen so prompt diesen Stasi-Schlager nachsingen würden, deutsche Einheit über alles. Der Kommunist, wo er nicht abschwört, wird er am Schwanz aufgehängt. Wo die Argumente fehlen, muß das Privatleben ran, und wo das Privatleben sich zum Rufmord nicht eignet, wird es erfunden. Ach, all diese verhinderten Romanschriftsteller in den Redaktionsstuben, die gescheiterten Dichter in den Großraumbüros. Und wie die Saat aufgeht! All die Schmähbriefe, die Morddrohungen, wie Seiten, rausgerissen aus dem Bilderbuch des Herrenmenschen. Du rote Made in der Jauche! Wir legen Dich um! Du dreckige Kommunistensau! Glaube bloß nicht, daß die Rechten nicht auch Leute haben, die gut mit dem Zielfernrohr umgehn können! Der Weg nach Hamburg ist uns nicht zu weit. Du Bolschewist, dreckiger in deiner Villa, wir werden Dich vergasen und verbrennen wie Deinen Vater! Da kommt so ein nackter Seiltänzer aus dem Osten und verdient hier unser gutes deutsches Geld für rote Propaganda! Juda verrecke! Und Robert Vogel, sparsamer Millionär und Steuer-Akrobat der Immobilienfirma »Anna M. Vogel« in Hamburg. Er zeigte Witz für 800 Westmark:

er bestellte und bezahlte ein Flugticket bei aeroflot: einmal Moskau hin und nicht wieder zurück für Mr. Biermann. Aber wie das Wasser riecht am Hafen! Ich hatte in der DDR nie Sehnsucht nach dem Westen, aber immer nach Hamburg, vielleicht nicht nach Hamburg, aber nach dem Geruch des Wassers, wenn die Schiffsschraube den Fluß zerwühlt, diese Gerüche aus Modder und faulem Fisch, aus Teer und Salzwind und Diesel, Nasenseligkeiten meiner Kindheit. Nun geh ich fünf Minuten runter zum Neumühlen-Kai, wo die Bugsier-Schlepper festmachen und habe alles das. Und mehr! das Gespräch mit den Hafenarbeitern beim Streik. Und die ungeschriebene Ballade taucht wieder auf, Ballade von dem Kommunisten Karl Dietrich, dem Sohn von Oma Meume, der aus dem Naziknast lebend rauskam zur Bewährung an der Ostfront, auch das überlebte er, und zur Roten Armee kam er und sagte: Genossen, da bin ich, ein Kommunist aus Hamburg. Und wie sie ihm dafür in die Fresse hauten, die mißtrauischen Genossen. Und wie er die Lager überlebte und glücklich nach Hause kam. Und wie er wieder im Hafen Arbeit fand, und wie sie den großen Streik von 51 organisierten, und wie er dann aus der Firma flog und landete im »Stall«. Und wie er seine allerletzte Schicht schnappte: Zichorie-Entladen aus einem spanischen Schlickrutscher mit einem Greifkran. Und wie die Firma den Decksmann einsparte. Da hing mein Onkel Kalli einfach durchgekniffen in dem riesigen Eisengebiß des Krans. Und die Hände von Oma Meume, wie sie das Totenhemd aus Papier zurechtzog in diesem gekachelten Keller. Da, wo sich der Familienkram überschneidet mit der Geschichte der Klasse, ist der Punkt, wo ein Lied versteckt ist, das vielleicht auch andere brauchen. Hamburg. Ja, ich bin auch wieder zu Hause hier in der Fremde. Und Böll hat es auf den Punkt gebracht: Jetzt bist du ein In-die-Heimat-Vertriebener.

7.
Das Wort Exil ist ein böses Wort, es macht böses Blut hier.

> Und als ich von Deutschland nach Deutschland
> Gekommen bin in das Exil . . .

Viele hier halten das für Hysterie. Was heißt hier Exil! Ein Deutscher in Deutschland! – Ja, d a s wäre Exil zu nennen: Verfolgt von der Fremdenpolizei! verhungert! ohne Obdach! ohne Arbeitserlaubnis! ohne Kenntnis der Sprache! – aber ein

DDR-Mensch in der Bundesrepublik, automatisch Bundesbürger, mehr so ein Heim-ins-Reich-Fall, das ist doch kein Exil! So einer soll doch dankbar sein! Das reden hier viele. Die Leute sind geblendet, weil sie zuviel mit eigenen Augen sahn. Die massenhafte Sinnestäuschung: durch eigene Erfahrung dumm geworden. Ich weiß nicht wieviel millionen mal die Westler erlebt haben, daß Ostflüchtlinge froh sind, weil sie wenigstens an der bürgerlichen Freiheit teilhaben dürfen, am westlichen Wohlstand. Und nun kommt da so ein Schreihals und will zurück in die Zone, darf hier das Maul aufreißen und schimpft auf den Westen und sehnt sich zurück nach dem alten Maulkorb? – das ist zuviel für die Antikommunisten der schlichten Machart. Und für die Um-die-Ecke-Denker ist diese Haltung ein ganz raffinierter Verkaufstrick. Und wenn ich dann in diesem neuen Lied im Refrain singe, ich sei vom Regen in die Jauche gekommen, dann überkommt sie ein Haß. Aber haben diese Rechten nicht auch recht? Ist es nicht zugleich ungerecht, das Wort von der Jauche? Oder ist nicht zumindest das Wort Regen eine Schönfärberei im Nachhinein? Ja, schreit nur! ich habe das Wort von der Jauche nicht des Reimes wegen hingeschrieben, es ist ein ungerechtes Wort, und ich werde es nicht zurücknehmen, denn ich bin kein Gerechter. Ich will nicht und kann nicht gerecht sein, wenn ich in ein Land komme, in dem Dünkel und Selbstgerechtigkeit gegen die DDR um die Wette stinken.

8.

Einen Abend ging ich mit Tine unten an der Elbe spazieren. Wie elegant die Überseekolosse ihre Bugnase unter das Flußwasser schieben! Am anderen Ufer der Burchard-Kai, der Containerhafen der HHLA, wo die Hubwagen ihr Warngeheul loslassen. Und bis die Töne über die Elbe rüber sind, haben sie sich mit dem Wind vermischt, mit dem Schlagen der Niethämmer von Blohm & Voß. Und das donnert und heult von da drüben und pickert und zirpt, eine friedliche Musik kommt da über den Fluß. Und ich fühlte mich, und ich genoß meinen kleinen Vorsprung, ich kenn ja die Partitur dieser Geräusche von früher. Wir konnten uns nicht sattsehn an den Barkassen in den Kreuz- und Querwellen. Der Westwind trieb die Wellen gegen die Strömung, es sah aus, als fließe die Nordsee nach Dresden. Wir gingen Richtung Landungsbrücken und kamen bald auf die Höhe, wo die Köhlbrand-Brücke sich an Stahltrossen über den Hafen schwingt, kamen vorbei am Autostrich beim Fischmarkt und gerieten über die Davidstraße auf die Reeperbahn und rechts in die Große Freiheit. Na, junges Paar – junges Glück, kommt mal rein hier! Hier könnt ihr mal lernen, wie richtig gefickt wird! Das sind die Schnacks der Koberer, der Rausschmeißer. Eigentlich sind sie Reinschmeißer. Kommt rein, ihr beiden! alle halbe Stunde eine echte Nummer! und alles Natur! und alles mit Kunst! Mensch Biermann! Du bis doch Biermann! So gerieten wir ins Gespräch. Koberer von den anderen Schuppen kamen über die Straße. Eh Biermann! sing mal ein'! Und einer, mit sächsischen Resten im Hamburger Ton, krallt mich in die Jacke und grinst mich an und sagt: Na Junge, du machst hier im Westen doch auch bloß alles wegen der Kohle?! Und ich sage viel zu schnell: Quatsch wegen Kohle ... und er nun schon mit spitzem Zahn: Gib zu! du machst doch alles hier für Kohle, Biermann! – Und, damit ich mich endlich zur Wahrheit durchringe, sagt er schnell: Du, ich mach auch alles für Kohle hier! für Kohle mach ich alles. Alles!! – und ich denke: Das ist doch nicht wahr! vonwegen alles für Kohle! alles macht der doch auch nicht für Kohle, wenn er ein richtiger Ganove ist, macht er doch vieles für Kohle, aber nicht alles!! Ich kam ins stottern, und ich merkte, daß ich ein Schweinehund bin, wenn ich jetzt noch mal wie ein unrasiertes Kind auf der Wahrheit beharre. Aber wie das hier sagen? Ich stotterte hilflose Erklärungen und schwieg endlich und war bitter von all dem. Ich hatte mich in der DDR vor den mächtigen Politbürokraten nicht gebeugt, warum sollte ich mich nun vor der Westkohle beugen. Ich schwieg, sie sahen meine Unsicherheit und waren schon halb versöhnt. Aber ich fing dann doch nochmal mit der Kohle an: Klar mache ich auch Kohle mit meinen Liedern und im Moment mehr als ich zum Leben brauche. – Na also! sagte der Sachse, die Menschheit hatte mich wieder. Aber, sagte ich, wenn ich eines schönen Tages in diesem Land mit meinen Liedern nichts mehr verdiene – und das kann schnell passieren, denn ich bin Kommunist und auch nicht gewöhnt an die schnell wechselnden Moden hier, wenn ich mit meinem Zeug hier mal nicht die Mark verdienen kann, die zum Leben nötig ist, dann würde ich noch lieber bei euch hier arbeiten als Koberer oder öffentlich ficken für Geld, aber ich werde nicht, ums Verrekken nicht, was anderes singen als ich will. Ich hatte mich in Rage geredet, und es regt mich jetzt wieder auf beim Aufschreiben. Aber genau das verstanden diese biederen Ganoven von der Großen Freiheit, wir wurden ein Herz und eine Cola mit Rum. Jetzt begreife ich auch endlich besser die Sorge vieler Linker, die mir seit dem ersten Tag hier auf den Nerv gehn, die mich entmutigen mit ihrem Sorgensatz: Biermann, du, laß dich nicht vermarkten. Vermarkten, was ist das für ein Wort in einem Land, wo jedes Brötchen, jeder Schluck Wasser über den Markt in meinen Bauch kommt? Wo das Kleine Einmaleins aus dem Munde auch des linken Lehrers eine Ware ist, wo jeder Arbeiter seine Arbeitskraft auf den Markt bringt, da ist das Wort Vermarktung ein Synonym für jegliche Verbreitung. Wenn aber gemeint ist: Du, laß dich nicht ver-markten in diesem Sinn: Werde kein Schweinehund, laß dir nicht den aufrechten Gang abkaufen! verschweige nicht Wahrheiten um des Erfolges auf dem Markte wegen! lüge nicht mit halben Wahrheiten für Geld! schmiere dich nicht bei den Herrschenden an mit seichtem Protestersatz! laß dich nicht abspeisen mit einem öden Luxusleben! paß auf, daß nicht das Geld dich hat, sondern habe du das Geld! und helfe deinen Genossen! – In diesem Sinn macht dieses Wort einen Sinn. Und ich laß es mir gesagt sein, grade auch, weil solche Warnung von Menschen kommt, die wissen, wovon sie sprechen, nämlich von sich selbst. Sie selbst zerleiden sich ja daran, daß sie in dieser Gesellschaft tagtäglich für Lohn eine Arbeit machen müssen, die sie oft nicht lieben, die sie gering achten oder sogar hassen müssen. Und es überwältigt sie, ihre als Sorge um den politischen Sänger verkleidete Sorge um sich selbst, die so begründet ist.

9.
Der Westen – die Arbeitslosen, die hunderttausenden Jugendlichen ohne Beruf, das dreckige Wasser im Rhein, die Milliardenvergeudung durch Werbung und Verpackungsschnickschnack, die südafrikanischen Trauben im Winter, linke Lehrer, die nicht lehren dürfen, der Wehretat im Bundeshaushalt, das scheinheilige Gesicht des Stuttgarter Landesfürsten, der Hungerleichnam von Holger Meins, die elf Pfennige, die der gleiche Käse diese Woche teurer wurde, der technische Fortschritt, den die Arbeiter als Bedrohung erleben, jede Leck-mich-am-Arsch-Tablette, jeder Schnaps für drei Mark, jede rote Rose für Zweifünfzig schreit mit ihrem Rot nach einer besseren Gesellschaft ohne Markt, ohne

Waren, ohne Leistungsterror. Wie gut wäre ein Gemeinwesen, in dem auch die Lieder sich nicht als Waren vermummen müssen, um öffentlich zu werden, um überhaupt erst zu werden, was sie sein wollen: politisch. Ja, in der DDR, dort bewirkt die direkte Zensur auf eine vertrackte Weise so etwas wie eine kommunistische Verteilung der verbotenen Gedichte: sie gehen von Hand zu Hand, werden abgetippt, photographiert. Die Lieder vervielfältigen sich in geometrischer Reihe durch Tonbandkopien und schön direkt von einem Menschen zum andern. Und das immer lautere Tonbandrauschen irgendeiner schlechten Kopie gibt den Liedern einen Sound, der klang mir in der Chausseestraße wie das Rauschen einer Menge Volks, durch die das Lied schon von Cassettenrekorder zu Cassettenrekorder gegangen war. Und ich dachte in der DDR manchmal: Ja, das klingt besser, klingt politischer als der makellose hifi-Ton von der Platte. Aber das ist auch romantische Augenauswischerei und verführt einen zu dem dummen Satz: Gut, daß es so schlecht steht mit der Meinungsfreiheit. Nein! politische Lieder, die sich ein Haufen hoffnungslos Vereinzelter heimlich im Hinterzimmer abspielt, werden leicht zum Politikersatz, sind Trosttöne, mit denen sich so viele gemütlich einrichten in der Misere.Aber das ist auch nicht die Wahrheit. Das ist so eine Viertel-Wahrheit, eine ganze Lüge. Als würden die Lieder nicht doch auch leben unter der Decke. So tot der Staatspomp ist, so lebendig ist die leise Sprache subversiver Kunst. Nein, daß die verbotenen Lieder in Hinterzimmern nur vegetieren, ist eine Stasiwahrheit, das ist eine ihrer Standardlügen, und ich plappere sie fast nach.

10.
Meine ersten großen Auftritte hier wurden von der IG Metall organisiert, von der linken Minderheit in der Führung. Und die Rechten dankten es ihren Linken mit dem großen Vorschlaghammer. Wie kommen wir dazu, diesen Biermann im Rahmen der Gewerkschaft kommunistische Propaganda machen zu lassen, nur weil er dazu Gitarre spielt. Die Rechten hatten recht damit! Entweder – Oder! Und als klar wurde, daß der Westen mich nun etwas länger auf dem Halse haben würde, genoß ich auch nicht mehr das wohlfeile Mitleid, das allen sicher ist, die im Osten so dekorativ eine Stacheldrahtkrone auf dem Haupte tragen.

Damals aber sang ich für die IGM, sprach mit Kollegen dieser größten Gewerkschaft, und die sagten: Du hast da so eine Strophe in deinem Lied, da geht es um den Unterschied von Mitbestimmung und Selbstbestimmung:

Dem Bourgeois' auf die Finger schaun
Das genügt nicht! Auf die Pfoten haun
Wolln wir das fette Bürgerschwein
So soll es sein
so soll es sein
so wird es sein ...

Das ist, sagten sie, wie ein Portrait des Präsidenten der Arbeitgeber. Der sieht wirklich so aus, wie in deinem Lied. Und wenn du diese Strophe singst, dann mußt du über den auch ein paar Takte sagen! Sie hatten recht. Der Mann, den sie meinten, hatte einen Specknacken, eine brutale Visage mit zugewachsenen Fettaugen, Schmisse, als hätte sie ihm Georg Grosz mit der Zeichenfeder auf dem Paukboden beigebracht. Ja, dieses seltene Exemplar sah nicht aus wie heute richtige Kapitalisten aussehn, gut genährt, also schlank, sportlich, jung dynamisch zukunftssicher. Nein, der da hatte auch nicht die Arme-Leute-Fettigkeit, er sah aus, als stamme er aus einem Bilderbuch für Proletarierkinder in den 20iger Jahren: Der böse Bourgeois. Schleyer, SS-Mann, der die Industrie von Böhmen und Mähren für die Kriegswirtschaft der Nazis mobilisiert hat. Schleyer, der sich auch nach 45 Verdienste erwarb: Er machte die Waffe der Aussperrung gegen streikende Arbeiter wieder scharf. Bundesverdienstkreuz, ordensgebeugter Repräsentant der Großbourgeoisie. Und wenig später sah ich das gleiche Gesicht als ein ganz anderes. Schleyer als Gefangener der RAF, ein leidender Mensch, gefoltert, ein Menschenantlitz sah ich da, das in mir nichts anderes erzeugen konnte als Mitleid. Der große Geld-Mann war so zugerichtet in wenigen Wochen, daß er dem Großen Schmerzensmann ähnlicher sah als den Wechslern, die Christus aus dem Tempel gejagt hatte. Und ich kriegte eine Wut auf diese Alchimisten der Weltrevolution, die in mir Sympathie mit solchem Mann erzwingen. Und wie mir ging es anderen auch in diesem Land, ein Volk im gleichen falschen Schmerz geeint. Und ich dachte, was sind das für enorme Klassenkämpfer, die den Klassenfrieden in diesem Land so sträflich gefördert haben!

11.
Bloß kein Berufs-Dissident werden! Bloß nicht sich herumreichen lassen im Westen als Ost-Experte! Und trotzdem Erfahrungen vermitteln, an die, die sie hier wirklich brauchen, die wenigen Sozialisten und Kommunisten. So schnell wie möglich in einen Stoffwechsel mit dieser Gesellschaft sich einlassen. Sich verbünden mit den fortschrittlichen Kräften im Westen. Und trotzdem nicht locker übern Hocker ein Westmensch werden. Was tun für die Freunde im Osten. Sich nützlich machen für die Linken im Westen. Das sind alles so Sätze. Das Maß ist so schwer zu finden, daß manche es gar nicht erst versuchen. Sigi Faust, für den ich die Ballade vom Aale-räuchern schrieb, wie lange wird er noch herumtaumeln und sich ausbeuten lassen von Löwenthal im ZDF, von der Jungen Union, von allen, die gern das starke Wort eines geschwächten Menschen gegen die DDR hören. Über 80 % verlassen die DDR-Gefängnisse als Antikommunisten. Die DDR ist überhaupt eine riesige Fabrik zur Erzeugung von Kommunistenfressern. Und das geht so weiter. Aber nicht nur und nicht auf immer: Jürgen Fuchs, Pannach und Cuno und die Arbeiter aus Jena haben den gleichen brutalen Stasi-Knast hinter sich und kippen nun hier im Westen trotzdem nicht ab. Und wenn wir Linken in der BRD mehr wären als dieser Flohzirkus, wenn wir eine Rolle spielen würden in diesem Land, dann. Ja, dann. Und wenn. Und Gründe fürs Zugrundegehn gibt es immer genug, besonders für das eigene. Ich habe Angst vor zu viel Verständnis, es führt dazu, daß ich gar nichts mehr verstehe.
Ich jedenfalls kam nicht in den Westen mit einem Sack voll ungesagter Wahrheiten über den Osten. Ich muß hier nun nichts ausbreiten, aufarbeiten und entlarven. Was ich in der DDR dachte und fühlte, habe ich auch in der DDR gesagt, da ist für mich nichts nachzuholen. Ich hatte ja Glück, mich schützte die Furcht der Politbürokraten vor der Öffentlichkeit. Ich hatte gut reden und gut singen trotz alledem, und habe es auch jetzt im Westen leichter als meine Freunde. Noch.
12.
Es war am 26. Februar. Na und? ja, aber es war im Jahr 1978! In Hamburg, in irgendeinem Drecklokal, trafen sich Faschisten. Die Veranstaltung war angemeldet, vom Senat genehmigt. Na und?
Ich wußte nichts davon. Eine Frau redete aufgeregt am Tele-

phon: Wolf komm her, hier ist was los, die Polizei haut uns zusammen. Luruper Hauptstraße, leicht zu finden, weil ein Hubschrauber über uns kreist.
Straßensperren schon weit vorher. Blaulicht, Umleitungen. Als ich endlich hinkam, sah ich ein paar hundert junge Leute vor Stahlrohrsperren, hinter denen eine Polizeikette stand. Im Hintergrund das Haus, in dem die Versammlung stattfand. Ein Polizeihubschrauber knatterte über der Szene. Die Polizisten mit den Plastikschildern, die ich nur von Brockdorf-Photos kannte, die linken jungen Leute mit Motorradhelmen ohne Motorrad und mit Fahnenstangen ohne viel Fahne dran. Als ich auftauchte, gab es Hallo. Die Zeitungsphotographen stürzten los: Biermann mit Polizistenkette im Hintergrund. Biermann im Kreise linker Terroristen und Sympathisanten mit Helmen und Stangen. Das übliche Affentheater. Klick Klack Klack. Ich fragte was rum, und ich erfuhr, daß einer von denen, die da vor uns geschützt wurden, als SS-Mann in Auschwitz gearbeitet hatte. Und ein anderer soll erklärt haben, daß er jedem 50 Tausend Mark geben will, der den Beweis erbringt, daß auch nur ein einziger Jude in Auschwitz vergast wurde. – Ja, wenn's Buchenwald gewesen wäre oder Mauthausen. Aber Auschwitz. Ich dachte an meine Mutter, wie sie kurz nach dem Krieg in Auschwitz wie wahnsinnig die Flure langsuchte, die tapeziert waren mit den Paßphotos von Häftlingen, die nicht gleich ins Gas geschickt wurden, sondern vorher noch arbeiten durften. . . . Ich wollte, nein, was Verrücktes in mir wollte da durch die Polizeikette und in das Haus und den SS-Mann, nein, nichts ihm tun, nein, ihn fragen, so als sei er eins der Opfer oder ein Unbeteiligter, der zufällig dabei gewesen war – ich wollte fragen: Haben Sie 1942 noch Dagobert Biermann im Lager I. gesehn? – Und dann die drei Mädchen. Sie traten auf mich zu mit so einem offiziösen, exekutiven Delegationsschritt: Wir möchten an dich zwei Fragen stellen.
Erstens, warum läßt du dich hier photographieren? –
– ich laß mich nicht, ich werde eben photographiert.
– wir wollen von dir eine selbstkritische Erklärung zu dieser Photographiererei.
– frag doch die Photographen. Es haben auch junge Leute photographiert, die hier mit uns demonstrieren.
– ja, aber warum grade dich, wir möchten dazu von dir eine Stellungnahme.

– mensch! weil ich 'ne große Berühmtheit bin!
– und das findest du wohl in Ordnung.
– na klar! sei doch froh darüber! wir haben viel zu wenige berühmte Leute!
– das ist keine Antwort.
– und ob! die Berühmtheit kann doch eine politische Produktivkraft sein! wenn du irgendwas Vernünftiges sagst, hören wenige zu, wenn ich dasselbe sage, hören es viele.
– aber auch wenn du Blödsinn sagst.
– ja. wenn dir das passiert, ist es nicht so schlimm.
– und zweitens wollen wir wissen, warum du erst jetzt kommst, wir stehen schon zwei Stunden hier.

Ach, das Berühmtheiten-Trauma so vieler Linker. Sie sind angewidert vom Fan-Rummel, sie sehn, daß die bürgerlichen Massenmedien jeden Zentner Fleisch zum Star machen können, wenn sie ihn oft genug auf den Teller legen. So kippen viele aus Furcht vor diesem Rummel in die dazu passende Gegenblödigkeit und strampeln sich dabei ab gegen ihre eigene schlechte Erziehung zum gutbürgerlichen Individualismus. Scheiß auf die Berühmtheit, aber sie ist eine gewaltige Verstärkeranlage. In der DDR war auch das vielleicht anders. Dort war ich populär. Leute blieben nicht auf der Straße stehn und glotzten nicht. »Kuck mal, das isser. aber viel kleiner irgendwie. im Fernsehen isser viel größer, ja. soo klein. ja, aber dasisser.« In der DDR kannten viele das eine oder andere Lied, eine Refrainzeile, einen Gedichtfetzen, und viele wußten: Das ist einer, der macht das Maul auf, auch mit Maulkorb. Aber mein Gesicht kannten wenige. Und es war manchmal lustig und lehrreich, mich auch mit ihnen über diesen Biermann zu unterhalten. Wie es jetzt ist damit, wie es jetzt wäre, dürfte ich plötzlich zurück . . . ach was, »dürfte« – die allmächtigen Politbürokraten hatten die Macht, mich auszusperren, aber hätten sie eigentlich auch die Macht, mich wieder rein zu lassen? Die Tür in mein halbes Land werden nicht die mir wieder öffnen können, die sie verrammelt haben.

Irgendwelche anderen hatten mich von den drei Mädchen weggeschoben und mir ein Megaphon in die Hand gedrückt und mich auf eine Mauer gehoben und gesagt, los Wolf, nun sag was oder sing was, irgendwas, die Genossen erwarten das von dir! »Genossen« . . . hier im Westen ist das ein Gegenwort zur Gesellschaft geworden. Alles was sich links fühlt, nennt sich so. Mit

DDR-Ohren hört sich das wie eine ulkige Paraphrase auf dasselbe Wort an, das drüben die Etablierten sich an die Jacke heften. Genossen! sagte ich und wußte nicht weiter. »Deutsche Poli – zis – ten schützen die Faschis – ten!« Die jungen Polizisten standen da wie Knüppel im Sack und haben sich wohl an solchen Sprechchören schon sattgehört. Ich fing an zu singen

Und weil der Mensch ein Mensch ist
Darum hat er Stiefel im Gesicht nicht gern
Er will über sich keinen Sklaven sehn
Und unter sich

ich hatte es in der Aufregung falsch rum rausgebracht. Aber ich konnte auch nicht nochmal anfangen, ich glaube es merkte auch kaum einer, die Leute hörten den Text richtig rum, wie sie ihn im Kopf haben. Und es ging weiter:

Drum links! zwei! drei!
Wo dein Platz, Genosse, ist
Reih dich ein in die Arbeitereinheitsfront
Weil du auch ein Arbeiter . . .

nun konnte ich aber nicht weitersingen, ich mußte fragen: Wer hier auf dem Platz ist denn Arbeiter? Ja, es waren unter den Studenten und Lehrern und anderen auch ein paar Arbeiter – aber die meisten Arbeiter dort standen in Polizeiuniformen, und ich weiß nicht, was unter ihren Schädeldecken los war bei all dem und weiß nicht, was sie fühlten. Ich bin doch noch fremd hier. Wenn junge Volkspolizisten auf dem Alex gegen junge Arbeiter eingesetzt wurden, sah ich besser durch.

13.

Ich will doch kein spezielles Vorwort schreiben für Euch da drüben. Ansichtspostkarte aus dem Westen: Lieben Freunde . . . schade, daß Ihr das alles nicht selber – lieben Freunde . . . seid froh, daß Ihr das alles nicht selber undsoweiter. J. und H. und M. und L. und A. und G. und G. und H. und Katja und Robert, wiegen auf Eurer Waage meine Lieder noch, seit ich nicht mehr mit meinen eigenen 135 Pfund als Faustpfand wie Ihr in der DDR sitze? Oder werden sie jetzt auf eine vielleicht politischere Art politisch, weil ich als Person jetzt nicht mehr so meinen Liedern im Wege steh?
Was ist überhaupt in den letzten zwei Jahren besser geworden in

der DDR, was schlimmer? Wohin treibt der deutsche demokratische Dampfer mit den Steuermännern ohne Steuer? Über Bord haben sie mich geworfen aus Angst vor Meuterei und in der Hoffnung, daß die Haie im Westen mich schlucken würden. Rede ich nach dem bißchen Hamburg schon zu seefahrerisch? Und war es historisch gesetzmäßig, daß nach meiner Exilierung keine Ruhe im Karton war? War die Protestwelle ein sympathischer Zufall? Kam die nur hoch, weil ein paar gute Schriftsteller sich aufgerafft haben zu einem gemeinsamen Brief an die Obrigkeit? Und warum taten sie das? Und grad bei dieser Gelegenheit? Traf es sich vielleicht nur, daß etliche an solch einem Punkt angelangt waren: Ich werde immer älter! und bewirke mit all meiner Vorsicht und Rücksicht und Nachsicht nichts. Nichts – außer daß ich bald sterbe und habe weder eine gute Welt verlassen, noch auch war ich gut, wie ich hätte sein können?

14.

Ich weiß, aus gewöhnlich nicht gut unterrichteten Kreisen in der Hauptstadt der Deutschen Demokratischen Republik, Berlin, daß das Politbüro der SED damals, nach meinem Auftritt in der Prenzlauer Kirche über mein Schicksal beriet. Die Halbgötter stimmten über zwei Endlösungen des leidigen Falles ab: Hochverratsprozeß mit Höchststrafe – oder Ausbürgerung, rein – oder raus. Wie klein ist ihr Spielraum! wie armselig die Entscheidungsmöglichkeiten! Mit zwei Stimmen Mehrheit sollen sie sich für die sogenannte humanere Lösung entschieden haben, mit den Stimmen von Erich und von Erich. Aber ich denke, sie haben wieder mal alles falsch gemacht, auch im eigenen Interesse falsch! Und sie werden auch in Zukunft von Sieg zu Sieg wie in Fallen stürzen, die Geschichte ist gegen sie, und die Menschen sowieso.
Seit meinem Verbot durch das 11. Plenum des ZK der SED im Winter 1965 wuchs die Verbreitung meiner Lieder. Aber nicht linear. Nach der Niederschlagung der tschechoslowakischen Revolution nahm das Interesse für einige Zeit rapide ab. Allzuviele Menschen waren enttäuscht, verbittert und endgültig davon überzeugt, daß »es nicht geht«, der Einmarsch der fünf Armeen hatte es ja bewiesen. Und sie wollten sich nicht länger an solchen Hoffnungen besoffen machen. O, gute Vergeßlichkeit! nach drei, vier Jahren war bei den meisten auch das Entsetzen vom 21. Au-

gust vergessen, und junge Leute kamen nach, und die alten Widersprüche blieben da und wuchsen, mit und ohne Einmarsch. Und die Hoffnungen auf eine Verwandlung des Sozialismus aus der Phrase in die Wirklichkeit blühten wieder auf und mit ihnen das Interesse an Ideen dazu. Die samisdatische Vervielfältigungsmaschinerie kam wieder in Gang. Und besser als vorher. Und der Schock von 68 war vergessen, und zugleich war auch nichts vergessen. Das Jahr des Einmarsches war für viele eine Lebenswende. Mit der Niederschlagung Prags haben die Paktbrüder sich einen Aufschub verschafft, aber auf längere Sicht haben sie gerade die Geister ins Leben gerufen, die sie nun nicht mehr los werden. Sie werden ihre Macht verteidigen wollen, weil sie ihren Besitz verteidigen müssen, und wir haben allen Grund zur Hoffnung und allen Grund traurig zu sein, auch zu fürchten und haben keinen Grund zur Verzweiflung. Die chronisch hinkenden Deutschen müssen ja nicht ewig den Nachtwächter spielen! Marx, in seiner Einleitung zur Kritik der Hegelschen Rechtsphilosophie, dachte so und auch Hölderlin in seinem Gedicht »An die Deutschen«, sogar der skeptische Heine dachte den Bibelsatz, daß die Letzten die Ersten werden könnten. Ja, es wird. Budjet, budjet! Es wird! – nicht sowieso, sondern so – und anders als wir wohl denken. Es wird – nicht früher oder später, sondern früher oder am Sankt Nimmerleinstag.

15.

Vorsinge-Lieder oder Mitsinge-Lieder. Einige Musiken, die ich hier im Westen schrieb, legen es darauf an, so ins Ohr zu gehn, daß sie aus dem Mund wieder rauskommen. Es hat ja auch was Monströses, wenn ein einzelner stundenlang tausenden Menschen nur immer was vorsingt. Aber hier in Deutschland, wo soll man sich da Rat holen außer bei Hanns Eisler? Die einzigen lebendigen Massenlieder hier sind die kernigen Kurz-Gesänge der Schlachtenbummler in den Fußballstadien. Aber vielleicht sollte ich mich an solcher Aufgabe nicht irre machen. Denn polititsche Massenlieder als Ersatz für politisierte Massen sind ja auch nur eine ästhetische Kapriole. In der großen französischen Revolution, als die Massen wirklich in Bewegung waren und ihre eigene Sache betrieben, da entstanden und lebten über dreitausend Lieder!

Ah! ça ira, ça ira, ça ira,
Les aristocrates à la lanterne!

Und wenn irgendeine Bastille wirklich gestürmt wird, dann singen sich die Lieder dazu wie von selber. Und irgendeiner, der es dann noch aufschreibt, findet sich schon.

16.

Als ich in den Westen kam, bestürmten mich allerhand Atomkraftgegner, sie wollten ein schnelles und kräftiges Wort und möglichst gereimt und getrommelt von mir gegen die Atomkraftwerke. Aber, was wußte ich schon davon! Ich kam ja aus einem Land, in dem zwar die gleichen Dinger gebaut und betrieben werden, in dem es aber keine öffentliche Diskussion darüber gibt, geschweige denn eine Protestbewegung. Ich hatte den Verdacht, daß sich hier Zurück-zur-Natur-Romantiker, Maschinenstürmer und frustrierte Linke gegen den technischen Fortschritt stemmen. Inzwischen habe ich mich ein bißchen umgesehn. Und, Laie, der ich bin, kam ich zu der Meinung, daß *die* Atomkraftwerke, die jetzt in Ost und West gebaut werden, ein Verbrechen sind gegen Menschen, die jetzt leben, und mehr noch gegen die kommenden Generationen. Und mich schreckt die Akrobatik der DKP-Leute, die sich hier in die Anti-AKW-Bewegung reinhängen und gleichzeitig behaupten, daß die gleichen gefährlichen Kraftwerke ein paar Kilometer östlich ein Segen für das Volk sind. Jetzt schrieb ich ein Lied zur Unterstützung meiner Freunde in Gorleben, die dort Land pachten und Bäume pflanzen, wo der Bau einer Atommüll-Aufbereitungsanlage verhindert werden soll. Aber die rote Sonne auf Gelb mit »Atomkraft–Nein Danke!« hab ich mir doch nicht aufs Auge geklebt. Atomkraft ist eine Naturkraft. Und wenn etwas den Menschen bedroht, dann ist es der Mensch. Es sind ja die Bonzen im Osten, die Bosse im Westen, die aus Macht- und Prestige- und Profitinteressen auf Pump bei der Zukunft leben, einer Zukunft, in der die Menschheit das Problem wohl gelöst haben wird, wie wir die Atomkraft uns nützlich machen können ohne diesen Wahnsinnspreis.

17.

Bahro hat sich 1968 nicht auf seinen langen Marsch gemacht, um nun möglichst elegant in den Westen zu rutschen. Und alle, die jetzt, da Bahro im VEB-Knast sitzt, Schmierseife nehmen und die schiefe Ebene gen Westen glatt machen, sollten nicht so sicher sein, daß Bahro es ihnen danken wird. Bahro hat sein Buch nicht geschrieben, um sich nur an einer akademischen Diskussion zu beteiligen, er ist auf praktische Veränderungen aus, und die sind nicht billiger zu haben. Durchs Feuer führt keine Furt. Es gibt hier im Westen allerhand humanistisch empfindende Dissidenten-Fachleute. Sie kümmern sich um das Menschenmaterial, das der deutsche demokratische Menschengroßhändler Vogel geliefert hat oder noch im Angebot führt: Raus aus dem Ost-Knast! – das ist für sie gleichbedeutend mit: Rein in die West-Freiheit! Bahro hat offensichtlich nicht den Willen, sich auf sogenannten eigenen Wunsch an den Westen verkaufen zu lassen. Und da er sein halbes Land liebt und es verändern möchte, mag es sein, daß er die Qualen der Einzelhaft oder Schlimmeres lieber auf sich nimmt als eine Gastprofessur, die ihm in Bremen angeboten wurde. Und wer nun behauptet, dieser Bahro sei scharf auf die Dornenkrone, dem soll man einen Nachttopf auf den Kopf haun, einen vollen.

18.
Ernst Bloch. Wie gut immerhin, daß ich nicht im Stasiknast gelandet bin. Denn diesen Menschen hätte ich dann im Leben nicht mehr gesehn. Ich besuchte ihn in Tübingen, Im Schwanzer, kurz bevor seine kleine Straße umgetauft wurde in Ernst-Bloch-Straße. Wie es mir da erging, steht im Gedicht. Aber wie und was Bloch mir half, will ich berichten.

Ich las ihm das DEUTSCHE MISERERE vor, ich hatte damals noch keine Musik dazu, las also Strophe-Refrain, Strophe-Refrain, Strophe-Refrain. Als ich nach der dritten Strophe dieses endlosen Liedes las:

Hier fallen sie auf den Rücken
Dort kriechen sie auf dem Bauche
Und ich bin gekommen
ach! kommen bin ich
vom Regen in die Jauche

da war es ihm schon eine Qual. Aber als ich nach der vierten Strophe so weiter machen wollte, schrie er dazwischen und ballte die Fäuste: er habe es satt, diese ewigen Refrains! Und das habe er mir schon immer mal sagen wollen! das sei ja nicht auszuhalten! diese öden ewigen Wiederholungen! er sei ja schließlich kein Idiot! er habe es schon beim erstenmal begriffen! und er wünsche nicht, es immer wieder und wieder vorgesetzt zu kriegen! er leide ja schließlich nicht an Gedächtnisschwund! diese ewige Wiederholung würde ja nicht mal ein Hölderlin-Text aushalten! Und seine Frau Karola lachte und sagte: Ja, lieber Genosse, ich mußte dem Ernst immer die Refrains weglassen, wenn ich ihm deine Lieder vorlas . . . Ja, vorlesen! vorlesen ist nicht singen! sagte ich, Lieder sind keine Gedichte! – ich war wieder bißchen obenauf und redete groß los über die Funktion der Musik, die ja den Refrain immer wieder in eine neue Sicht bringt, und ich redete davon, wie gut es sei, wenn in einem Lied ein schon bekannter Teil kommt, weil das auch zum Mitsingen einlade, zum Nachdenken Zeit gebe und und und. Aber Bloch wischte all das weg, er sagte: Musik macht nur immer alles kaputt, jeden Text! Er jedenfalls bevorzuge schlanke Wendungen. Und er verabscheue diese belehrende Breitärschigkeit . . . Ich las den Text des Liedes weiter und ließ die Refrains nun weg. Es ist schade, daß ich Bloch das fertige Lied nicht mehr vorsingen konnte. Wer weiß, beim Komponieren wäre ich vielleicht auch selber drauf gekommen. Denn wenn ich Musik zum Text schreibe, schreibe ich sie eigentlich gegen den Text, renne gegen an, suche den Kontrapunkt. Denn ich will ja den Text nicht nur servieren und schon gar nicht kopieren. Die Musik soll eine Seite liefern, die der Text selbst nicht hat. Und wenn ich mit der Musik gegen den Text gehe, dann ist das zumeist auch eine Art Gütekontrolle: Wo der Text schwach ist, wo er keine realistische Haltung hat, da kann man auch nichts gegen ihn setzen. Wo nix ist kann man nicht gegen haun. Und wo die Wiederholung nicht Leidenschaften aufschaukelt, sondern nur Monotonie erzeugt, da hilft auch keine aufgedonnerte Musik. Nun ist das Lied schon durch die zweite Gütekontrolle gegangen, ich sang es inzwischen für Bürgerinitiativen und beim Russell-Tribunal, probierte es aus bei meiner ersten großen Tournee von Kiel bis München. Und ich glaube, daß Bloch jetzt einverstanden sein könnte: Ich beginne mit dem Refrain, singe diese Zeilen wie eine Behauptung, und nach zehn Strophen wiederhole ich denselben Refrain, der nun die Summe dieser Ost-West-Bilanz ist, und der Zuhörer kann sich selber ein Urteil machen, ob ich mich verrechnet habe oder nicht. Zuletzt in der DDR hatte ich eigentlich vor, ein Buch zu schreiben mit dem majakowskischen Titel »Wie macht man Lieder«. Natürlich wußte ich nie, wie man Lieder schreibt, ich weiß höchstens, wie ich dies oder jenes Lied schrieb. Und die paar erlernbaren Handgriffe wollte ich aufschreiben. In einem solchen Büchlein müßte es auch ein Kapitel über Refrain-Techniken geben: Von den refrainartigen zwei Schlußzeilen in Shakespeares Sonetten bis runter zu Aristide Bruant, der zu seinen Luden-Liedern als Refrainzeile immer einen Straßennamen, den Namen eines Parks, eines Gefängnisses oder sonst was aus Paris nahm und so seinen eigenen Stadtplan sich dichtete. Aber seit ich im Westen bin, gehe ich wieder in die Lehre und komme nicht dazu, den Lehrer zu machen.

19.
Ein alter Hamburger braucht Geld. Goldschabi Rosenberg ist ein hamburger Zigeuner. Aber er lebt noch. Er lebte schon immer hier. Außer damals, die paar Jahre in Polen. Eines schönen Tages fuhr er dorthin, ohne Fahrkarte, im Viehwaggon, unter Aufsicht der SS.
Der Mann kann nicht anerkannt werden. Opfer des Faschismus ist so einer nicht, sagen die im Amt. Wiedergutmachung kriegt der keine, sagen die im Amt. Herr Rosenberg, seien wir mal ehrlich: wir waren doch damals gar nicht im KZ, nicht wahr, Herr Rosenberg? sagen die auf dem Amt zu Goldschabi Rosenberg. Und der Alte verschluckt ein paar Flüche in seiner anderen Sprache und geht nicht wieder hin. Es stimmt: er war gar nicht eingesperrt im KZ. Goldschabi Rosenberg hat die KZ's selber gebaut. Wenn eins fertig war, dann das nächste. Mit eigener Hand Pfähle eingegraben, Stacheldraht gezogen mit eigener Hand, eigenhändig Baracken aufgebaut, im Trupp mit anderen Zigeunern. Und dann weiter, unter Aufsicht der Posten von der SS. Eingezäunt war er nur von den Schüssen, die nicht ihn trafen. Zigeuner sind frech. Der hat noch immer nicht genug. Hat Kazetts gebaut und will noch Geld dafür.
Das ist die Logik der Mörder, ihren Opfern verzeihen sie nicht.
Nun rennt Goldschabi Rosenberg in die Holzbaracke von der christlichen Mission und wartet ungeduldig auf die höhere Gerechtigkeit nach dem Tode.
Dies hier ist ein Text in einem Buch mit Gedichten und Liedern. Ich rede mir ein, dies hier könnte zu einem kleinen Skandal füh-

ren, groß genug für einen amtlichen Gnadenakt. Gnade zugunsten des Rechts dieses einen Menschen. Ich stelle mir vor, der Alte kriegt ein paar verspätete Mark auf die Hand.
Wer aber zahlt jemals die Wiedergutmachung für die Zeit *nach* fünfundvierzig? Du Arschloch, Goldschabi Rosenberg braucht kein Geld.

20.
Gleich nach der Ausbürgerung wollte ich nichts wie zurück oder aber nichts wie weiter weg. Wenn schon Westen, warum dann nicht Holland, wo es mir menschlicher vorkam; warum nicht Spanien, wo sich jetzt mehr verändert, warum nicht Griechenland oder irgend ein anderes Land? Wohin ich auch kam in dem ersten halben Jahr, überrumpelte mich ein vielleicht übertriebenes Staunen und Entzücken, daß es noch was anderes gibt als dieses zerrissene Deutschland mit seinen öd-ernsten Wichtigkeiten.
Vielleicht war es auch die uneingestandene Sehnsucht nach so etwas wie Urlaub vom Streit, den Heinrich Heine Freiheitskrieg der Menschheit nannte: Irgendwo hin, wo man nicht so direkt sich verantwortlich fühlen muß. Aber die Kette, mit der ich mich selbst an dieses doppelte Land gebunden habe, war viel zu fest und viel zu kurz. Bald mußte ich akzeptieren, wie klein mein Freiheitsgrad ist, ich konnte nicht davonlaufen. Die Verhältnisse in der BRD zerrten an mir – und ich bald auch an ihnen. Schnell geriet ich wieder ins Getümmel. Seit ich hier lebe, haben sich die Verhältnisse mehr verändert, als ich dachte und anders, als mir lieb sein kann. Die deutsche Einheit macht schlimme Fortschritte. Die beiden deutschen Staaten lernen voneinander. In der DDR zersetzen Inter-Shop-Metastasen den zerschundenen Körper der Gesellschaft. Westdeutschland marschiert mit forschem Schritt in den modernen Polizeistaat. Die Abwehr der paar Terroristen schafft die Dunkelheit, in deren Schutz der Staat sich rüsten kann für die kommenden Kämpfe. Denn daß bei dieser Arbeitslosigkeit und Inflation es bald zu ganz neuartigen kleinen Bürgerkriegen und Arbeitskämpfen kommen wird, das sehe sogar ich, der Neuling hier.

21.
Ob sie mir gefallen oder nicht – ich bin nun ein Linker in der BRD. Und zurück durch die Mauer werde ich wohl erst kommen,

wenn es diese Menschenfalle nicht mehr gibt. Ich will aber meine Zeit nicht mit Warten auf diesen Tag vertun, und ich will nicht bis dahin meine alten Wunden lecken. Die Garotte um den Hals meines Freundes im Luxusknast Burgwallstraße wurde in diesen Tagen wieder ein Stück zugedreht. Robert Havemann ist jetzt 68, und die zweihundert Stasisoldaten, die rund um die Uhr dort Wache schieben, stehn da wie für die Ewigkeit. Die Herrschenden in der DDR werden noch manchen Kommunisten einsperren und aussperren. Und weil sie ihre Macht so gründlich mißverstehen als Macht des Volkes, werden sie jedes kleine Verbrechen begehen und jeden Völkermord, wenn sie sich bedroht fühlen. Aber sie pflanzen mit ihren Phrasen von Sozialismus und Menschlichkeit immer auch wieder echte Hoffnungen, sie verbreiten selbst mit dem verstümmelten Marxismus subversive Gedanken, zu deren Unterdrückung dieser gewaltige Staatsapparat vonnöten ist. Bitter bin ich über alles das, aber verbittert nicht. Als ich in Wien für die Kommunistische Jugendorganisation sang, traf ich danach eine alte Kommunistin, sie hat so gut wie alle Formen der Verfolgung erlitten, die es hier in diesem blutigen Jahrhundert gab, war bei Stalin im Lager und dann ausgeliefert an Hitler ins KZ, war im Spanienkrieg und in der Emigration. Würdest du wieder zurück gehn, wenn sie dich jetzt ließen? Ich sagte mechanisch meine Standardantwort: Natürlich! Sofort! Aber sie lächelte und sagte: Das ist doch ein Schmarren! Wir brauchen dich hier, und daß sie dich rausgeschmissen haben, war das Beste, was sie gegen sich und für uns tun konnten. In der DDR waren deine Lehrjahre, jetzt kommen deine Wanderjahre im Westen.

22.
»Bischof, ich kann fliegen
Sagte der Schneider zum Bischof.
Paß auf, wie ich's mach!
Und er stieg mit so'nen Dingen
Die aussahn wie Schwingen
Auf das große große Kirchendach.
. . .
Der Schneider ist verschieden
Sagten die Leute dem Bischof.
Es war eine Hatz.

Seine Flügel sind zerspellet
Und er liegt zerschellet
Auf dem harten harten Kirchenplatz . . .«

Brecht hat die wahre Geschichte des Schneiders von Ulm wahrer gemacht. In der platten Wirklichkeit war der Schneider Albrecht Ludwig Berblinger vom Steilufer, wo er über den Fluß schweben wollte, in die Donau gefallen. Er wurde aufgefischt, verhöhnt und mußte weiterleben mit seinem »Fall«. Brecht hat den Fall mythologisiert, ikarisiert, und ich denke an mein Gedicht über den wahren Christus, der nicht gekreuzigt wurde und starb nicht im Glanz der Wunden vor aller Welt und hatte nicht diese gute Presse. Die plebejische Sicht: der mörderische, der undramatische Alltag, das Öde, das Übliche. Wie kommt es, daß wir immer den unerhörten Fall brauchen, um uns in unserer grauen Normalität zu erkennen? Und warum die Lust am Alltäglichen bei Gelegenheit des außerordentlichen Schicksals? Ich weiß nicht, warum Ikarus statt Dädalus, ich weiß nicht, warum die Weidendammer Brücke und nicht die Friedrichstraße.
Ich weiß nicht, ob Bahro vor seiner Verhaftung – wenn schon stürzen – lieber in die Donau stürzen wollte als auf dem Marx-Engels-Platz zerschellen. Ich weiß nicht, wie er jetzt in seiner Zelle darüber denkt, noch weiß ich, wie er denken wird, wenn er rausgekommen sein wird in den Osten, noch auch, wenn er verkauft sein wird in den Westen. Ist der smarte Werner Lamberts ein Ikarus geworden, weil er in Lybien mit einem Hubschrauber sich totgefallen hat? Und ist für meinen Freund das Leben ohne Besucher, ohne die engsten Freunde, ohne Post, ohne Telefon, ist für Robert Havemann der Arrest in seinem Haus schlimmer als damals die Todeszelle im Zuchthaus Brandenburg? Hatte mein Vater Glück, daß er von den Faschisten umgebracht wurde und nicht von seinen Genossen? Ist das Beispiel eines genügend berühmten Märtyrers auf Seiten des Fortschritts eine politische Produktivkraft? Hat der Tod des Che Guevara Zorn erzeugt, den wir in Energie umwandeln konnten? Und was mit den anderen, die unbeachtet kaputt gehn, die allermeisten?

23.
In der Chausseestraße die langen Jahre, da war der Hugenottenfriedhof um die Ecke mein Garten. Nun ist Frühjahr. Und wir

haben hier im Westen einen Garten am Haus. In einer zugewachsenen Ecke hob ich heute eine Grube aus, für das Laub vom alten Jahr.
Mit dem Spaten stach ich beim Graben eines Busches dickere Wurzeln durch und staunte: Aus der weißen Wunde tropfte im Sekundenrhythmus klares Wasser. Ich fing es auf mit der hohlen Hand, die heiß war und zitterte von der ungewohnten Anstrengung. Das Wasser dampfte schön in die kühle Luft, und dann leckte ich mir ein paar Tropfen von der Haut: Holzwasser, bitteres Frühlingswasser. Und an dieses Gespräch mußte ich denken, mit meinem Sohn damals zuhause, als er so komisch ernst in den Stimmbruch kippte, ja, er war wohl damals so alt wie diese Westjungs hier am Briefkasten mit ihrem JUUDAVERREKKE! Damals hatte ich ihm erzählt vom Freundschaftspakt Stalin und Hitler neununddreißig. Und wie sie brüderlich Polen überfielen und sich trafen an der ausgehandelten Grenze. Und der Aufstand im Warschauer Ghetto. Und das Massengrab in Katyn. Und der SS-Mann, der seine jüdische Geliebte zum Schein ins Genick schoß und mit in die Grube stieß und sie dann in der Nacht herauszog aus dem Leichenhauf und mit ihr zu den Partisanen floh. Und wie ich kompliziert die Kompliziertheit darstellte, denn dieser SS-Mann hatte ja die anderen in der Grube getötet, und hätte er es nicht getan, wäre es ihm ergangen wie dem deutschen Soldaten in der kurzen Ballade von Johannes R. Becher, und ich mußte beim Erdeschmeißen daran denken, wie mein Sohn mir nicht mehr zuhörte und plötzlich aus dem Grübeln sagte: Ein Glück, daß Hitler die Sowjetunion dann auch noch überfallen hat. Ja, und wie ich da schrie. Und mit welcher Lässigkeit der Junge sagte: Was regst du dich auf? Wenn der Hitler das nicht gemacht hätte, dann wär der doch heut noch an der Macht. Die Deutschen hätten den doch nicht gestürzt, oder? Und dieser Freundschaftspakt wäre heut noch so. Ach, und dich hätten sie längst umgebracht. Freu dich doch! Als Jude oder Kommunist, da hättste deine Grube aber schaufeln können! Oder?
Damals wußte ich keine Antwort. Heute auch nicht.

Hanseatische Idylle

Hanseatische Idylle

Ja, es wird Frühling. Ich konnte heute
um die Ecke gehn zum Briefkasten, ohne
Mantel. Im Westen mein zweiter Frühling.

juuda verrekke!
biiermann!
root fronnt!
heill moskau!
ess – ee – dee!
biiermann!
honnekkeer!
das isser doch! oder?
root fronnt verrekke!
klar isser das!

So brüllte heute eine Meute Schuljungs
hinter mir her. Ihre Stimmen waren knapp
über dem Stimmbruch. Der vertraute, der
hamburger Klang. Sie genossen offenbar
die neuerworbene Tiefe ihrer Stimmen. Aber
mit wessen Stimme grölten die? War es
die Stimme ihrer Väter? ihrer Großväter?
Ach, dachte ich,
was für alte Männer
da hinter mir auf der Straße!

Nelli, min Appelsnut

Nelli

Nelli, min Appelsnut
Keem aut ehr Modder rut
Is mit uns anner ut
  Oosten her strandt.
Nelli, ik sägg di wat:
Wi hefft noch Swin bi hatt
Is jo min Vadder-Stadt
  int fremde Land.

Wenn du erst lopen kanns
Un Vadder ropen kanns
Un Woter supen kanns
  – wat schall di schern!
Büst all in' Westen boorn
Hest een lütt Neesken vorn
Büst as de annern worn:
  Hamburger Deern.

Kleiner Brief

Heute morgen fand ich ein Haar
In der Milch, ein langes, dein
Dunkelbraunes in meiner Milch
Dunkle Botschaft aus den fernen,
Den wohlriechenden Wäldern
Über deinem Gesicht.

Für M.

Ach, es ist bloß dieser Nebel
Über Hamburg, daß die großen
Schiffe auf der Elbe immer
Ihren tiefen Ton austuten.
Diese Töne sind ja schuld, du
Weißt es, daß die Wunden, die ich
Noch nicht habe, meine Schöne,
Sich so angenehm verbluten.

Streikposten vor Euro-Kai
[für Thomas und Gerd]
Wir haben geschschuftet und hielten den Mund, an die
Sieben und zwanzig Jahr Jetzt haben wir wieder ein
Wort ge- lernt, das fast schon vergessen war und die
Bosse denken, das Weißbrot hat uns zahnlos ge- macht und
feig Jetzt wissen sie wieder was das ist:

am dm E7 am
am E7
Streik! Oh, das war mal schön, Streikposten stehn! Wir standen da
dm G7 C dm E am
untergehakt in der Reih. da mußten die Lastwagen alle drehn! Und
F dm E7 am F dm E7 am
Kuddel haut mit dem Handhaken noch ein hübsches Loch in den Streikbrecher Bus und
E9 am
E9
Schluß! So war das vier Ta - ge vor
F C em
Euro-Kai, an uns an uns an
dm E7 am
uns kam keiner vor - bei
DC

Die Streikposten vor Euro-Kai

1
Wir haben geschuftet und hielten den Mund
An die siebenundzwanzig Jahr.
Jetzt haben wir wieder ein Wort gelernt
Das fast schon vergessen war.
Und die Bosse denken, das Weißbrot hat
Uns zahnlos gemacht und feig
Jetzt wissen sie wieder
        was das ist:
            STREIK!!
Du! das war mal schön:
        Streikposten stehn!
Wir standen da untergehakt in der Reih
Da mußten die Lastwagen alle drehn!
Und Kuddel haut
    mit dem Handhaken noch
        ein hübsches Loch
            in den Streikbrecher-Bus
                und Schluß!!
So war das vier Tage vor EURO-KAI
– an uns kam keiner vorbei

2
Doch HOLZMÜLLER, der war schlauer als wir
Er holte sich seine Kulis die vier
            Tage ran mit Barkassen.
Und wir?
    Wir standen da auf dem Trocknen
        und mußten sie schwimmen lassen!
O Mann, da lernst du
    das Hassen!
        da denkst du: Verdammt nochmal
                                verdammt!
Beim nächsten Streik
    da werden solche Nußschalen mal
        ganz sacht mit dem Schlepper gerammt!

Und darum, HOLZMÜLLER, freu dich man
bloß nicht zu früh!
das nächste mal
Kucken wir uns das nicht mit an
und stehn da rum
und kucken dumm
Wie diese vier Tage vor EURO-KAI
– dann kommst du nicht mehr vorbei!

3
Und doch war es schön
Streikposten stehn!
Endlich mal
andre Kollegen sehn!
in Ruhe klön'n, Mensch!
Keiner kennt doch den andern hier:
Die drüben von HALA, die machten auf »fein«
Und wir selber früher ein' auf »Hau-Ruck!«
Die Bosse aber lachten sich ein'
– nu kuck:
Was oft nur als Phrase hingeschmiert
mit roter Farbe auf Mauern steht
jetzt wissen wir wieder was das ist:
Solidarität
Und das ist vielleicht noch wichtiger als
Die paar Prozente und die paar Mark!
So war das vier Tage vor EURO-KAI
– an uns kam keiner vorbei!

4
Und die Bosse kunkelten sich ein' aus
Und kamen mit »7 Prozent!« groß raus
– doch für elf Monate nur!
Sie tönten: Männer!
seid nicht stur!
das ist genug!
»man sachte!« sagt Kuddel
und rechnet mit Bleistift selber nach
und sagt: »dat is Betrug!«
Ab Februar 7 %, das macht
aufs ganze Jahr 6,4

Jungs! ohne den Januar steht die Sieben
doch nur auf dem Papier!
Das ist mal wieder ein dicker Hund!
und der Hund ist falsch!
und der Hund ist krumm!
Die denken wir sind zum Arbeiten gut
und sind zum Rechnen zu dumm.
Nee! dafür haben wir nicht gekämpft
Und den Hochmut der großen Bosse gedämpft
Vier Tage vor EURO-KAI
– so kommt ihr an uns nicht vorbei!

5
Wir haben geschuftet und hielten den Mund
An die siebenundzwanzig Jahr.
Und viele in Hamburg wissen nicht mehr
Was damals im Hafen war:
Im Jahr Einundfünfzig! der letzte Streik
Drei Tage lang war er zahm
nun fragt die Alten warum es dann
zum großen, zum wilden Streik kam!
Die Bosse denken, das Weißbrot hat uns
Schon zahnlos gemacht und feig
– jetzt dauert es nicht noch mal so lang
Bis zu dem nächsten Streik!
Dann stehen wir wieder in der Reih
Und die Lastwagen drehen wieder bei
Und Kuddel haut
mit dem Handhaken noch
ein hübsches Loch
in den Streikbrecher-Bus
und SCHLUSS!!
So war das vier Tage vor EURO-KAI
An uns kommt keiner vorbei!

Anmerkungen: Bei der Firma EURO-KAI arbeiten etwa 360 Kollegen.
Bei der HHLA (Hamburger Hafen- u. Lagerhaus-AG), genannt »HALA« arbeiten die meisten Hafenarbeiter von Hamburg.
HOLZMÜLLER ist einer der wenigen Hafenbetriebe, wo weitergearbeitet wurde.
Der letzte Streik im Hamburger Hafen war nicht, wie in den Zeitungen stand, 1896, sondern 1951 (!). Da dies aber ein sogenannter WILDER STREIK war, reden die Bosse nicht gern davon.

Jetzt klagen sie groß über Terror

Jetzt klagen sie groß

Jetzt klagen sie groß über Terror
Und jagen uns mehr als vorher.
Und etliche sagen: Das kommt davon.
Aber wenige fragen: Woher

Und die da noch offen nach fragen
Mit denen ist schon was faul.
Und die es noch öffentlich sagen
Die kriegen eins vor das Maul.
Die kriegen das deutsche, das neue
Das Schandzeichen aufgebrannt:
Ach, das, was grad gestern noch Jud war
– das wird hier der Sympathisant.

Jetzt klagen sie groß über Terror
Und jagen uns mehr als vorher.
Und etliche sagen: Das kommt davon!
Aber wenige fragen: Woher.
    O Mann, o Mann, das kommt mich an!
    aber wenige fragen: Woher

Jetzt klagen sie groß

B
A7
dm
wenige fragen:
Wo-her!

Mädchen in Stuttgart

Mich traf ein Mädchen. Und das tat weh
Die Tränen sprangen ihr aus dem Gesicht
Sie schrie: vonwegen! vonwegen!
Vonwegen sich selber umgebracht!
Das wär ja gelacht
In Filbingers Super-Knast
Das kommt denen doch gelegen
Genau wie Ulrike! vonwegen!
Die drehn's immer wie's ihnen paßt

So sprach das Mädchen, aber ich
Denk so wie du: ich glaub sie schon
Die staatserhaltende Selbstmordversion
– wozu sollte Filbinger lügen?
Es lassen die Massen am besten sich
Mit Wahrheiten betrügen

Die blutigen Bürgerkinder im Knast
Der Baader, die Ensslin, der Raspe
Die Alchimisten der Revolution
Ich glaube, sie haben beides: sich selbst
Und sie wurden soweit gebracht
Verzweifelt an sich, verzweifelt an uns
Und haben den letzten schwarzen Schritt
Zu dritt sehr alleine gemacht

Doch hätt das verzweifelte Mädchen recht
Und käm es heraus übers Jahr
Daß der Selbstmord kein Selbstmord war
– du! mach dir nix vor! Zu viele hier
Fänden es gut so. Es würde das Bier
Noch besser schmecken, sie würden sich freun
Wie über die Prachtkerls vom »GSG 9«

Doch würd sich auch anderes zeigen
Es würde in diesem schönen Land
Die Zahl jener, die sich mit eigner Hand
Umbringen, noch schneller steigen

Wohin mit den Tränen? Was wird mit ihr?
Was mit dem Mädchen und überhaupt hier
In diesem blühenden Krisenland?
Ich werde wohl bald ihr Foto sehn
Es wird in der Reihe mit anderen stehn
Beim Bäcker im Fenster. Und eine Hand
Mit Kugelschreiber bewaffnet, wird dann
Auskreuzen mit einem Krakelstrich
Ihr Menschengesicht

Frankfurter Rundschau 19.10.77

Selbstmorde in Stammheim

BONN, 18. Oktober (Reuter). Der große Krisenstab in Bonn hat die Selbstmorde in Stuttgart-Stammheim „mit Betroffenheit zur Kenntnis genommen". ~~Im Auftrag des Gremiums sagte~~

(Siehe Seite 28: ~~Aus aller Welt~~)

Die ersten Folgen des brutalen Mordes an Hanns-Martin Schleyer gekamen die Abgeordneten schon am Donnerstagvormittag unmittelbar zu spüren

Regierung und Opposition gelobten, die Gemeinsamkeit über den Tag hinaus zu bewahren. Helmut Schmidt und Helmut Kohl machten das nach der Sitzung mit einem Händedruck sichtbar. Ge-

Systemkritiker verurteilt

PRAG, 18. Oktober (Reuter). Vier tschechoslowakische Systemkritiker wurden am Dienstag in Prag zu Haftstrafen verurteilt.

(Siehe auch Seite 27)

Kappler geht es besser

HAMBURG, 18. Oktober (AP). Der Gesundheitszustand des ehemaligen deutschen Polizeichefs von Rom, Herbert Kappler, hat sich gebessert. Kapp-

(Siehe auch Seite 3 und Seite ...)

Weiter an der Spitze

CW FRANKFURT A. M., 18. Oktober. Der bundesdeutsche Maschinenbau hält nach wie vor seine Spitzenstellung in der Welt, allerdings klagt die Branche über einen „bedrohlichen Rückgang der Gewinne".

(Siehe auch Wirtschaft S. 7)

Die Kurse zogen an

FRANKFURT A. M., 18. Oktober (FR). Die Befreiung der Geiseln wirkte sich auch positiv an der Börse aus. Die Kurse vor allem der Autoaktien stiegen bis zu sechs Mark pro Stück.

(Siehe auch Börse S. 23)

Keine Wetteränderung

FRANKFURT A. M., 18. Oktober (FR). Verbreitet Nebel und am Nachmittag ...weise Aufheiterungen erwartet ...amt. Die Tageshöchsttempe- ... 13 Grad liegen. Wei-

[illegible]

dazu: Refrain

Unsterbliche Opfer, ihr sanket dahin
Wir stehen und weinen voll Schmerz
~~Herz und Sinn~~
Ihr gabt euer alles dahin für den Kampf
Um Leben und Glück und Freiheit
Gelitten habt ihr in Kerkersgruft
die Richter, die Henker sprachen
zuweilen das furchtbare Urteil aus
und weiter klirrten die Ketten
Einst aber, wenn ~~Friede~~ Freiheit der Menschheit ward (erstand) (den Menschen!)
und all unser (euer) Sehnen Erfüllung fand
Dann werden wir künden
wie einst ihr gelebt:
zum Höchsten der Menschheit
emporgestrebt —

Collage FRANKFURTER RUNDSCHAU

F
A7
dm
füll ---- ung fand dann werden — wir
künden wie einst ihr gelebt zum
em7-5
A7
Höchsten der Menschheit em- por ... ge
strebt
D7+
Selbstmorde in Stammheim Selbstmorde in Stammheim !
Frankfurt am Main achtzehnter Ok- tober Frankfurter
D D7+ D D7+
Rundschau
D D7+ D D7+
der große Krisenstab in Bonn

hat die Selbstmorde in Stuttgart Stammheim mit Be-
troffenheit zur Kenntnis ge- nommen Kenntnis ge-
nommen
un-
sterb- liche Opfer ihr
san-ket da- hin
gm
Eb
D
D7+
dm
A7
gm6
S.

Ach Stuttgart, du nasse, du schöne

Ach Stuttgart, du nasse, du schöne
Du häßliche Regenstadt!
Der Himmel weint sich die Augen aus
Über manchem frischen Grab
Es haben sogar die Wolken
Feindselig sich zerteilt
Viel Wolken regnen auf Schleyers Grab
Und eine weint schnell auf das andre
Eh sie enteilt

Und als ich den Morgen alleine
Die steilen Gassen hochstieg
Mein Zeug unterm Arm, da erschrak ich
Ich spürte den stummen Krieg
Ich merkte ihn von der Seite
Und ich spürte ihn im Genick
Aus scharfgekniffenen Augen:
Ich spürte den Fahndungsblick

Ach Baader! ach Ensslin! ach Raspe!
Ach Schleyer! ihr habt es geschafft
Ihr habt ja die Kluft so vernebelt
Die zwischen den Klassen klafft!
Die Unteren wie die Oberen
Begraben der alte Streit?
Es macht sich breit eine dumpfe
Gefährliche Brüderlichkeit

Kein Wort mehr von Teuerung, Lohnkampf
Vom fehlenden Arbeitsplatz
Stattdessen das fröhliche Jagen
Die Sympathisantenhatz
Und Straßen voll Uniformen
Und Blaulicht. Und Sichtvermerk
Es rüstet sich auf zum Riesen
Der deutsche Gartenzwerg

Ach Stuttgart, du nasse, du schöne
Du häßliche Regenstadt
Der Himmel weint sich die Augen aus
Über manchem frischen Grab
Es haben sogar die Wolken
Feindselig sich zerteilt
Viel Wolken regnen auf jenes Grab
Und eine weint schnell auf das andre
– eh sie enteilt.

Ich hab Angst vor euch
ihr feigen.
Schweine. Und ich werd es
euch nie zeigen.

Das Lied vom Sack

Das Lied vom Sack

1 Jetzt haben sie einen Sack, schön groß
Für Sympathisanten. Immerhin
Der Sack ist prima! schlecht ist bloß:
Es sitzen die falschen drin!
    Immer rin! immer rin! in den großen Sack
    – das Sympathisantenpack!!

2 Und dabei gibt es hier Pack genug
Das eine brutale Sympathie
Mit Mördern hat im Großformat
(und nicht mal klammheimlich ist die!)
    Immer rin! immer . . .

3 Der Kreuzfahrer mit dem Seppelhut
Wir sahen ihn pilgern zu Pinochet
Er betet des Mörders Lügen nach
Und leckt ihm vom Stiefel das Blut
    Immer rin! immer . . .

4 Warum konnten die Amis in Vietnam
So lässig üben den Völkermord?
Ach! weil die Verbündeten auch in Bonn
Zur Stange hielten mit Tat und Wort
    Immer rin! immer . . .

5 Und der stinkreiche Schah in dem stinkarmen Land
Viel Öl fließt da. Und noch mehr Blut
Und unsere Herrn, den Herren dort
Hofieren sie und zahln ihn gut
    Immer rin! immer . . .

6 In der Lüneburger Heide blüht
Vom Staat beschützt ein Blümelein
Der Geiselmörder von Rom blüht da
Der alte SS-Mann lacht sich ein'n
    Immer rin! immer . . .

7 Und Hakenkreuze! und »Rübe ab!«
– das geht hier gefährlich nach hinten los
Grüß Gott, Herr Hitler! es gibt hier
Manch kleinen Adolf Gernegroß
Immer rin! immer . . .

8 Seht an! den KZ-Prozess in Düsseldorf
Und den Nazi-Rechtsanwalt Stolting! Keck
Verteidigt ein Mörder dort vor dem Gericht
Die Massenmörder von Majdanek
Immer rin! immer . . .

9 In Bremen ein Neumann, der tut grade so
Als wären im Dichter- und Denkerland
Nicht schon Gedichte genug, ach und
Die Menschen wie Bücher verbrannt
Immer rin! immer . . .

10 Wer redet denn da in Afrika
Dem Vorster zum Munde Rassisten-Stuß?
Ich seh hier im deutschen Panoptikum
Noch manchen, der mit rein muß!
Immer rin!

11 Nein, Axel! nein, du bist kein Sympathisant!
Du selbst bist ein Meinungs-Terrorist
Doch fürchte dich nicht vor dem ganz großen Sack:
Du kommst in einen, der extra ist
Immer rin! . . .

12 Jetzt haben sie einen Sack, schön groß
Für Sympathisanten. Immerhin
. . .

Linkes Liedchen

Linkes Liedchen

Es gibt soviel kranke Linke hier
Im Westen, die machen mich krank
Die sitzen wie festgewachsen auf
Der ganz großen Wartebank.

Sind tatenarm und gedankenvoll
Sind ganz genau so wie
Das Kapital seine Linken braucht:
Als das Pünktchen auf dem »i«.

Sie passen zu dieser Gesellschaft genau:
Im Herzen lau und in Worten barsch
Sie passen hier nicht wie aufs Auge die Faust
Sondern wie auf den Eimer der Arsch.

Und unermüdlich verteilt dort ein Typ
Flugblätter, die kein Schwein liest
Er spielt die Kanone der Revolution
Die mit Papierkugeln schießt.

Und ein anderer zieht sich ein Bier in' Kopp
Und lallt über all das Blut
Das in Vietnam fließt und in Chile fließt
Sein Mitleid tut ihm so gut.

Ja, wir kämpfen gegen das Unrecht mit
Am anderen Ende der Erde –
Und im eigenen Lande reiten wir rum
Wie das Leiden Jesu zu Pferde.

Und wir machen die Welt-revo-lu-tion
Sofort und auf einen Ritt
– oder gar nicht! Doch auf dem langen Marsch
Gingen wir kaum einen Schritt.

Und wir lieben die Menschheit im Ganzen so sehr
Aber einzelne Menschen kaum
Wir träumen vom Garten Eden in Rot
Aber pflanzen nicht einen Baum.

Sind niemals tief traurig und haben auch nie
Einen richtigen Heidenspaß
Und manch einer liebt nur die Sache und hat
Auf sich selber den schlimmsten Haß.

Und wir halten den Bahro für schlecht oder dumm
Oder auch für ein großes Licht
Und quasseln dagegen und quasseln dafür
Aber lesen tun wir ihn nicht.

Die lustigen Linken – ein trauriger Rest
Und schwach sind wir – nicht nur an Zahl!
Sind wie eine Rotwein-Neige im Glas
Die stehen blieb, sauer und schal.

Und wenn dir die Jacke nicht passen tut
Dann freu dich und zieh sie nicht an
Mir aber paßt sie manchmal zu gut!
Ich sing auch von mir hier, Mann!

Ja, ich singe und rede und gehöre dazu
Und muß ja nun leben, hier
Von rechts winkt noch müde das große Geld
Und links winkt das Ghetto mir.

Wenn die ungezogenen Bürgerkinder

Wenn die ungezogenen Bürger-
Kinder in den Uni-Hallen
Blutigrote Fahnen schwenken
Und die Arbeiterfaust ballen
Und wenn sie das Kampflied schmettern
REIHDICHEININDIEARBEITEREINHEITSFRONT
WEILDUAUCHEINARBEITERBIST!
Und sich dann so schlimm zerfleddern
In dem linken Sektenzwist
– ach! dann denk ich an ein dunkles
Wort von Oma Meume: Drum
Sagte sie, pass uff mei Junge:
Durch Klugheit wird man dumm!

Ernst Bloch ist ja tot

kurz vor dem Ende
als ich ihn endlich traf
ja, da ging es zuende
mit mir

zuletzt hatten die Jahre ihn
doch ein Stück runter: krumm
wie ein Fidelbogen, so
sah ich ihn gehen
den aufrechten Gang

kurz vor dem Ende
sah ich den Erblindeten
ja, der war blind
– sah aber durch!

Bloch, seines biblischen Alters
lästige Gebrechen – er
ertrug sie
mit Lässigkeit

aber immer noch staunte der Alte
über das stein-alte Übliche
die alltägliche Gemeinheit
die gesetzestreuen Verbrechen
ihn entsetzten sie, das normale
Unrecht hinzunehmen
bis an sein Ende, Bloch
hat es nicht gelernt

hilfloser Alter, aber
so wußte er sich zu helfen
kurz vor dem Ende
mir
half er auf

Über das Zugrundegehn

Genossen, ich glaube wir gehn nicht zugrund
An den Kämpfen, die uns verzehren
– die meisten von uns gehn gemütlich kaputt
Weil sie klagen, statt sich zu wehren.

Wir gehn nicht kaputt an den Schlägen hier
An denen sich manche schon laben –
Wir gehn ja kaputt an den Schlägen, die
Wir alle nicht ausgeteilt haben!

Und wir lecken die Wunde Berufsverbot
Und die Welt ist ja soo gemein!
– mensch! grad wenn die Zeiten beschissen sind
Dann müssen w i r 's doch nicht sein!

Ja, die Rechten sind schlecht und die Linken sind schwach
Ja, und ach! und weh! und weh und ach!
Ja, sing ruhig mit mir das Klagelied
– aber lach auch mit mir! und mach!!

A und B beim Bier

(Gerede über das Gerede von den beschissenen Verhältnissen)

A Die Verhältnisse sind beschissen

B Das sagen immer die beschissenen Leute

A Die Verhältnisse sind beschissener als die Leute

B Das Beschissene an den Verhältnissen sind die Leute

A Die Leute sind nur so beschissen
weil die Verhältnisse so sind

B Nein, umgekehrt! Und überhaupt
Dies Gerede ist selbst beschissen

A Die Leute werden nicht mehr beschissen sein
wenn die Verhältnisse geändert sind

B Von wem denn? Etwa von den beschissenen Leuten?

A Das Verhältnis der Leute zu den Verhältnissen
ist eben noch beschissen

B Beschissen ist schon, daß die Leute
irgendwelche Verhältnisse überhaupt beschissen finden

A Aber Leute, die beschissene Verhältnisse nicht
beschissen finden, bescheißen sich selbst

B Immer noch besser beschissene Verhältnisse
als beschissene Leute!

A Das Wort »beschissen« ist selbst beschissen
Wir brauchen Analysen und nicht Emotionen

B Wer ändert denn die Verhältnisse: die
mit der Analyse im Kopf oder die
mit der Wut im Bauch?

A Ohne Analyse keine Wut

B Dieser Satz macht mich wütend,
er hält keiner Analyse stand

A Die Verhältnisse bleiben beschissen, solange
nur die beschissenen Leute sie beschissen finden

B Heute zahlst aber du das Bier!

A Wieso? Bin ich Moses? Ess ich Fisch?

Leiden aus zweiter Hand

(1. Musik)

Leiden aus zweiter Hand
(2. Musik)

Leiden aus zweiter Hand

wie ihr euch daran labt
Ihr schmückt euch mit den Wunden,
Die ihr gar nicht habt

Helft euch, ihr Guten, man erst mal selber
Und seid zu euch selber gut
Dann kriegt ihr endlich auch einmal echte
Verzweiflung. Und echten Mut

Vietnam!!!!!!!!
ja Vietnam!!!!!
nun ja, Vietnam!
Gott ja, Vietnam

Damals, als es Vietnam so schlecht erging, ach
wieviel besser ging es uns da, Genossen.
Erzürnt über die Barbarei der Amerikaner
gerieten wir endlich auf die Straßen. Und
die Verbrechen der GIs waren uns auch
die Verbrechen unserer Obrigkeit, denn
sie ist verbündet mit den Völkermördern
wie auch unsere Eltern verbündet mit den
Verbündeten, die Heuchelei wie eine schlimme
Blutspur vom Dickicht unserer Städte bis
in den Dschungel am anderen Ende der Welt

Nun aber schlagen zwei Staaten im Namen
des Kommunismus aufeinander ein: Vietnam
und Kambodscha, wieder liegen die Berge
aufgeschichteter Kinderleichen herum
in unseren Tageszeitungen, abgebildet
die zerhackten Bauern, die Dörfer nieder
gebrannt und mit klammheimlicher Freude
eingewickelt und dargereicht von der
Bürgerpresse. Seht! jetzt schlagen sie sich
gegenseitig tot. Und liefern so das moralische
Rückzugsgefecht für die US-Mörderbande.

Wir aber, Genossen, stehn daneben und
sehn nicht hören nicht sprechen nicht
mehr davon. Vietnam? Wo ist das? Was ist das?

Ach an den Leiden aus zweiter Hand
Wie ihr euch daran labt
Ihr schmückt euch mit den Wunden
Die ihr ja gar nicht habt

Helft euch man ersteinmal selber
Und seid euch selber gut
Dann kriegt ihr endlich auch echte
Verzweiflung.
Und echten Mut.

Das Gorleben-Lied [für Heinz B.]

Gorleben-Lied

1
Auf! Chauvies und Emanzen
Kommt mit uns paar Bäume pflanzen!
Und dann einen trinken! tanzen!
das wolln wir.
Du, komm! Wir pflanzen grade
Eine grüne Barrikade
Gegen diesen atomaren
Wahnsinn hier.
Gorleben soll leben!
Ja, ja, es soll leben
– der Rest der Welt solls auch.
Ja, du pflanzt die Birke
Und ich den Strauch.

2
Trink Wein! gleich aus der Flasche
Ein Stück Käse aus der Tasche
Pellkartoffeln aus der Asche
das schmeckt gut.
He, Langer! komm mal rüber,
Blas mal nicht die Flöte, lieber
Blas mal kräftig, daß uns warm wird
in die Glut!
Gorleben soll leben!
Ja, ja, es soll leben
– der Rest der Welt solls auch.
Ja, du kriegst die Zwiebel.
Und ich das Lauch.

3
Sacht geht die Nacht zur Neige
Und von Osten durch die Zweige
Kommt schon Licht. Die Dudel-Geige
kratzt ein Lied.

Die Liebespaare liegen
Längst im Wind in ihren Wiegen
Weil sie mit den Enten fliegen
    tief ins Ried.
        Gorleben soll leben!
        Ja, ja, es soll leben
        – der Rest der Welt solls auch.
        Ja, dir tut der Rücken weh,
        Mir der Bauch.

4
Die Starenschwärme hasten
In die Weiden. Lass den Kasten,
Lass die Tasten, komm mal her
    – mit mir spiel was!
Pass auf, du Dickmadonne
Guck mal! sahst du schon mal solche
Blutigrote Morgensonne
    blühn im Gras?
        Gorleben soll leben!
        Ja, ja, es soll leben
        – der Rest der Welt solls auch.
        Ja, du bist das Feuer
        Und ich der Rauch.

5
Was wird es heute geben?
Morgenrot bedeutet Regen,
Liebemachen auch. Grad eben,
    so wie wir.
Jetzt schlaf! wir brauchen Kräfte
Für die grüne Barrikade
Gegen diesen atomaren
    Wahnsinn hier.
        Gorleben soll leben!
        Ja, ja, es soll leben
        – der Rest der Welt solls auch.
        Ja, du pflanzt die Birke
        Und ich den Strauch.

Glaubt nun ja nicht, daß wir zittern
Kindlich vor Naturgewalten!
Glaubt ihr wirklich, daß wir zittern
So vor dem Atomkern-Spalten?
Nein! Vor Euch und Euresgleichen,
Vor den Mächtigen und Reichen,
Vor den Bossen, die nur messen
Alles nach Profit-Interessen,
Nein, vor euch müssen wir zittern!
Ihr! Ihr seid uns nicht geheuer!
Ihr! Euch können wir nicht traun!
Ihr könnt mit dem Sonnenfeuer
Nichts als Scheiße baun.

Gorleben soll leben
Ja, ja, es soll leben
– der Rest der Welt solls auch.
Ja, du pflanzt die Birke
Und ich den Strauch.

Faust im Fußballstadion

Kleines Lied eines Spaniers nach Franco

So große Freude hab ich jetzt,
ich sollte wohl singen.

Ach, aber singen
– jetzt mag ich nicht singen.

Du, diese Freude
– zu viel hat die Freude
mich ja gekostet,

an Traurigkeiten.

So große Freude hab ich jetzt
(Kleines Lied eines Spaniers nach Franco)
So gro-ße Freu-de hab ich jetzt ich
sollte wohl sin-gen
ach, a- ber sin-gen, jetzt mag ich nicht singen

du, diese Freude, zuviel hat die Freude
mich ja ge- kos- tet
wie Takt 3
wie Takt 4
an Trau - rig - kei - ten

Ballade von der Faust im Fußballstadion

Ballade von der Faust im Fußballstadion

Im Fußballstadion sang ich auch
Am Fuße der Sierra Nevada
Zusammen mit Victor Manuel
Für die PCE in Granada.

Ein kleiner Regen kam uns zupass
Er kühlte die staubige Haut
Wir sangen von Freiheit und libertad
Die Lautsprecher warn viel zu laut.

Ein Landarbeiter, ein alter, er stand
Bei jedem Lied, er allein
Vom Stuhl auf und hielt seine schwere Faust
In den Abendhimmel rein.

Vier Finger fehlten ihm an der Hand
Und doch war es ganz und gar
'ne Faust, die stand da und klagte an
Für vierzig verblutete Jahr.

Ich sang da von CHILE, vom KAMERAMANN
Und dachte: Was wird hier bloß werdn
Ob sie sich noch groß wehren gegen das Volk
Die alten verrotteten Herrn?

Und was treibt der CIA hier für'n Spiel?
Und was bringt die erste Wahl
Nach so vielen Jahren? Ich sang da mein Lied
Voll Hoffnung und halb mit Qual.

Ach, mit den Genossen da war es mir gut
Am Fuße der Sierra Nevada
Zusammen mit Victor Manuel
Für die PCE in Granada.

Die spanische KP hat ihre Legalität erkämpft

La prohibición
(Die spanische kommunistische Partei hat ihre Legalität erkämpft, nicht erbettelt)

1. Wir haben den Streit gewonnen
   und das ist noch lang kein Sieg
   Jetzt kommt ein kleiner Frieden
   im großen Freiheitskrieg

   La prohibición ahora s'acabó
   La negra, la infame prohibición
   Cuándo si no ahora – dónde si no aquí
   Canta tú, tú también
   »SI, SI, LIBERTAD! – SOCIALISMO – P.C.!«
   La prohibi –

2. Jetzt haben wir Luft zum Atmen
   und haben auch Luft zum Schrein
   Nie wieder soll um des Volkes Hals
   eine Garotte sein

   Das Verbot ist tot!
   Das Verbot ist tot
   Das schändliche schwarze Verbot ist tot
   Spaniens Himmel – Spaniens KP
   Grade jetzt! und jetzt grad:
   »SI, SI, LIBERTAD! – SOCIALISMO – P.C.!«
   Das Verbot ist –

3. Uns kommt keine Freiheit von oben
   Da kommt ja nichts Gutes von oben
   das wird uns auch nicht geschenkt:
   Daß die Freiheit sich zu den Menschen
   und der Mensch sich zur Freiheit drängt

   La prohibición ahora s'acabó
   La negra, la infame prohibición
   Cuándo si no ahora – dónde si no aquí
   Canta tú, tú también
   »SI, SI, LIBERTAD! – SOCIALISMO – P.C.!«
   La prohibi –

Der Mani Matter aus Bern
Der Mani Matter aus Bern ist tot
er ist ge-fallen ge-fal-len ge-fal-len
mitten im Frieden mitten im gro-ßen Krieg auf der Autobahn
am F am
Raus aus einem le-eren Fie-del-kas-ten zieht er sein In-stru-
am4 am
em7 am-6 am am
ment und der Kasten ver-schwindet und er spielt ohne
am em7
Bo-gen das Lied ohne Worte und trägt ein' Zylinder aber drunter kein'
am em7 am em7 am F7
Kopf und kein Hals und kein Bauch keine Arm' keine Bein, das hat er al-les ver-
E7 am G C dm G7
lo-ren im Krieg Und so bleibt nur sein Lied, nur das Lied ist noch

dm
am
em7
am
da denn auch ein' Zy-linder hat er nie keinen g'habt
Ach *Mani Matter, was für ein Frieden was für ein Krieg!
ach! was für ein, ach was für ein klein', ein lustig Lied zum Traurigsein
Flageolett

Der Mani Matter aus Bern

Der Mani Matter aus Bern ist tot
Er ist gefallen. Gefallen
Mitten im Frieden, mitten
Im großen Krieg auf der Autobahn

»Raus aus einem leeren fiedelkasten
zieht er sein instrument
und der kasten verschwindet

und er spielt ohne bogen
das lied ohne worte
und er trägt ein' zylinder
aber drunter kein' kopf
und kein' hals und kein' bauch
keine arm' keine bein'
– das hat er alles verloren im krieg

und so bleibt nur sein lied
nur das lied ist noch da
denn auch ein' zylinder
hat er nie keinen g'habt«

Ach, Mani Matter, was für ein Frieden
Was für ein Krieg
Ach, was für ein Tod
Ach, was für ein
Ach, was für ein klein
ein lustig Lied
zum Traurigsein

die Karyatiden
sieh an, mein Freund, die Leichtigkeit, mit der die Frauen es tragen
das Tempeldach auf ihrem Kopf, sie
stehn da
-schlagen
von
schwerer Männerhand
in Stein,
die eine außen links, ich da
als
oben ihr zu füßen saß
und aß auf der
akropolis
paar Kirschen
sprach

Ach kleiner, du, auf dich wart ich schon seit sie dich gejagt haben in das Exil
mein Lieber, laß man, ich hab viel mehr Unrecht hier mit angesehn zweieinhalb
Tausend Jahre stehn wir hier – die Menschen unten dumm und stumm
die Götter oben Ich sagte: Komm mit mir, ach
komm, wir wolln was trinken, was singen, was se – lig
sein, sie sagte: mein Lieber, ich will ja, ich kann nicht, sonst
stürzt meine Ecke hier auch noch ein

Die Karyatiden

Sieh an, mein Freund, die Leichtigkeit
Mit der die Fraun es tragen
Das Tempeldach auf ihrem Kopf
Sie stehn da, schön geschlagen
Von schwerer Männerhand
In Stein

Die eine, außen links, als ich
Da oben ihr zu Füßen saß
Und aß auf der Akropolis paar Kirschen, sprach:
Ach Kleiner, du! auf dich wart ich schon
Seit sie dich gejagt haben in das Exil
Mein Lieber, laß man! ich hab viel
Mehr Unrecht hier mit angesehn
Zweieinhalbtausend Jahre stehn
Wir hier. Die Menschen unten dumm!
Und stumm die Götter oben

Ich sagte: Komm mit mir! ach komm, wir wolln
Was trinken! was singen! was selig sein!
Sie sagte: Mein Lieber, ich will ja, ich kann nicht
Sonst stürzt meine Ecke hier auch noch ein

Sieh an, mein Freund, die Leichtigkeit
Mit der die Fraun es tragen
Das Tempeldach auf ihrem Kopf
Sie stehn da, schön geschlagen
Von schwerer Männerhand
In Stein

Marsch eines Gefangenen
Musik: Savopoulos
Und komm ich raus aus diesem Knast wird auf mich warten kein Schwein
Fremd wird mir .... kein Mensch passt
die Straßen leer kein Kumpel mehr
die haun hier ab. Wo sind sie hin!
und Wind, er treibt mich vor sich her
wenn ich aus die - sem Knast raus bin

Marsch eines Gefangenen auf schwankenden Füßen

– in der Zeit der faschistischen Diktatur in Griechenland öffentlich verbreitet unter dem Titel »Lied des Demosthenes« von Dionysius Savopoulos

1.
Und komm ich raus aus diesem Knast
Wird auf mich warten kein Mensch, kein Schwein
Fremd wird mir unsre Straße sein
Die Stadt ein Schuh, der nicht mehr paßt
Die Kneipen zu – kein Kumpel mehr
Die haun hier ab – wo sind sie hin
– und Wind, er treibt mich vor sich her
wenn ich aus diesem Knast raus bin

2.
Die Sonne wird dann unter sein
Schläft in den Trümmern von Korinth
Die Freunde wie die Feinde sind
Nur Mythen noch. Und dann sind zu Stein
Erstarrt Ganoven, Redner und
Propheten – Hurn von damals: stumm
– mit starrem Blick und offnem Mund
so stehn sie in der Landschaft rum

3.
Und werd ich erst mal vor dem Tor
Mit unterm Arm mein Bündel stehn
Den Wächter (und er wird's nicht sehn)
Grüß ich mit Finger übers Ohr
Lauf los mit durchgelaufnen Schuhn
Find ich mich auf dem Weg allein
– nach all dem Schweigen werd ich nun
ein Rufer in der Wüste sein

Trotz alledem

Trotz alledem

1
Du gehst auf Arbeit und kriegst Lohn
Und g i b s t dem Boß trotz alledem.
Dein Arbeitgeber nimmt ja bloß,
Er nimmt dich aus, trotz alledem!
– trotz alledem und alledem!
Und sie reden groß von Partnerschaft,
Doch Boß bleibt Boß! er herrscht und rafft
Und saugt uns aus, trotz alledem!

2
Und wer die Arbeit los wird, lebt
Mit Stempelgeld, trotz alledem.
Er legt die Hände in den Schoß
Und denkt: es geht, trotz alledem.
– trotz alledem und alledem!
Und mal raus aus dieser Arbeitshetz!
Dann fällst du ins Soziale Netz
Und gehst kaputt, trotz alledem.

3
Die Nazis kriechen aus dem Loch
Mit Hakenkreuz und alledem.
Die Ratten kommen wieder hoch,
Trotz Grundgesetz und alledem.
– trotz alledem und alledem!
Schlimmer sind die Nazis, die so schön
Die Kurve kriegten, hier im Staat,
Als Demokrat, trotz alledem!

4
Die Linken warn in Frankreich jetzt
Zur großen Wahl, trotz alledem.
Sie stritten sich noch bis zuletzt
Wie Hund und Katz, trotz alledem.
– trotz alledem und alledem!
Und das war den Rechten sehr bequem!
Und doch kommt ein Pariser Mai,
Trotz Wählerei! und alledem.

5
Der Frühling kam in Prag mit Macht,
Trotz Stalins Bart und alledem!
Die Menschen blühten auf, ganz sacht.
Trotz Furcht und Haß und alledem.
– trotz alledem und alledem!
Trotz den fünf Invasions-Armeen!
Trotz Brudermord! – Das ist der Weg,
Wo's weitergeht, trotz alledem!

6
Und Bahro sitzt im Stasi-Knast,
Trotz West-Protest und alledem.
Er hat den Bonzen eins verpaßt,
Der Hieb saß gut! trotz alledem!
– trotz alledem und alledem!
Trotz Einzelhaft und Schreibverbot!
Und schweigt ihr Bahro dreimal tot,
Den brecht ihr nicht, trotz alledem.

7
Wer weiß, die nächste Eiszeit kommt
Mit Strauß und Kohl! Und wie vordem
Kommt Kalter Krieg, auch der zerbombt
Ganz Deutschland ja, trotz alledem.
– trotz alledem und alledem!
Wenn wir frieren müssen, werden wir
Wohl zittern (doch vor Kälte bloß!)
Und aufrecht gehn, trotz alledem.

Trotz alledem!

[nach der schottischen Weise]

weiß die neue Eiszeit kommt, mit Strauß und Kohl und
wie vordem kommt kalter Krieg, auch der zerbombt ganz
Deutschland ja, trotz alledem. Trotz alledem und
alle-dem, wenn wir frieren müssen werden wir wohl
tr
zittern doch vor Kälte bloß, und aufrecht gehn trotz
[altes Tempo ....>
alledem
so, wie es hier notiert ist, ist es zu hoch.
nimm den Capo ins V. Bund!

Deutsches Miserere (Das Bloch-Lied)

Hier fallen sie auf den Rücken
Dort kriechen sie auf dem Bauche
Und ich bin gekommen
    ach! kommen bin ich
        vom Regen in die Jauche

1
Und als ich von Deutschland nach Deutschland
Gekommen bin in das Exil
Da hat sich für mich geändert
So wenig, ach! und so viel
Ich hab ihn am eigenen Leibe
Gemacht, den brutalen Test:
Freiwillig von Westen nach Osten
Gezwungen von Ost nach West

2
Die Völker drumrum um Deutschland
Die haben vielleicht ein Glück!
Großdeutschland, es ist zerbrochen
In zwei verfeindete Stück
Die beiden häßlichen Helden
Sie halten einander in Schach
Der Kleinere gibt nicht Ruhe
Aber der Größere gibt nicht nach

3
Und im Osten kosten die Schrippen
Fünf Pfennig – und zwanzig hier.
Ein großes Bier kost ne Mark dort
Und Zweimarkfünfzig hier
Und drüben hältst du beim Bierchen
Dein Maul, hier darfst du schrein
– allein, es ändert die Welt sich
Mit Schweigen nicht, noch mit Schrein

4
Und im Westen die Zeitungsschreiber
Sie lügen frech, wie sie wolln
Aber ihre Kollegen im Osten
Die lügen korrekt, wie sie solln
Und weil er von beiden Seiten
Getäuscht wird im Television
Drum glaubt der Deutsche Michel
Er wisse die Wahrheit schon!

5
Und die Wahrheiten werden gehandelt
Frech auf dem Lügenmarkt
Zur Ware wird jede Wunde
Im Westen. Der Herzinfarkt
Der Aufrechte Gang wird selber
Zur Pose und zum Geschäft
Der Mensch macht sich zum Affen
Der sich noch selber äfft!

6
Und Kernkraftwerke in Sachsen
Und Kernkraftwerke am Rhein
Und hüben und drüben heucheln sie
Das soll für den Fortschritt sein
Ich scheiß was auf solchen Fortschritt
Der macht uns nur sterbenskrank
Der führt uns fort von der Menschheit fort
Und führt in den Untergang

7
Und wer im Westen das Geld hat
Der hat damit auch die Macht
Aber wer im Osten die Macht hat
Der hat es zu Reichtum gebracht!
Die Arbeiter aber verkaufen
Wie eh und je ihre Kraft
Und schlagen, als wäre es ihre:
Die große Wohlstands-Schlacht

8
Und wie die einen heißen
So sehen die anderen aus!
Die einen sind mir ein Schrecken
Aber die andern sind mir ein Graus:
In NATO und WARSCHAUER PAKT sind
Sie beide treu-deutsch, bis in' Tod
Und sind gegen ihre Herren
Halb frech und halb devot

9
Und die Linken hassen einander
Mehr als den Klassenfeind!
Eh wir uns nicht selber einen
Wird Deutschland auch nicht geeint
Und ein Linker nennt den andern
Verräter! und recht! und schlecht!
Sie schlagen sich in die Fressen
Mit MAO und MARX und BRECHT

10
Und im Osten bleibt dir die Luft weg
Im Bürokratenmuff
Aber der Westen ist ein Nepplokal
Ein kalt gekachelter Puff
Hier bist du erschossen wie Robert Blum
Ohne genügend Geld
Sie lassen dich kalt verrecken
Und sagen: So ist die Welt

Hier fallen sie auf den Rücken
Dort kriechen sie auf dem Bauche
Und ich bin gekommen
ach! kommen bin ich
vom Regen in die Jauche

11
Das wird sich noch alles ändern!
Das bleibt nicht so, wie es ist:
Die Mauer wird fallen. Und fallen
Wird manch einer auf den Mist
Der Weltgeschichte: da drüben
Die Bonzen – die Bosse hier!
Sie werden fluchen und flennen
– aber lachen werden mal wir

12
Da wird sich noch vieles ändern
Und du dich und ich mich auch
Wir werden aufrecht gehen

Wir werden aufrecht gehn
Paar eckige Runden drehn
Mit neuen Augen sehn: Exil

Was ist das: Exil?

Ich will dir zu viel
Nicht klagen
Will lieber sagen

Die Wahrheit:
Scheißselbstmitleid!

Bin ich nun ein »Heimatloser Gesell«?
Was ist das: Heimat – Polizeimat?

Ach was! es wird schon hell
Ich sitz nicht mehr wie ein nacktes Kind
Im Schneematsch

Heimat. Quatsch! Heimat ist ja da
Mein Freund, wo ich dich find
Und wo Genossen sind. Genossen

Was ist das: Genossen?

Deutsches Miserere (für Ernst Bloch)

da hat sich für mich ge- än- dert so
wenig ach! und so viel ich hab ihn am eigenen
Leibe ge- macht, den brütalen Test: frei-
willig von Westen nach Osten frei- willig von Westen nach
Osten ge- zwungen von Ost nach West
folgt 2. Strophe bis 10., dann „Hier fallen sie auf den Rücken…“ – wie vorne
11. Stophe wie die anderen.
Da wird sich noch vieles ändern

und du dich und ich mich auch
....usw wie vorher
wir werden aufrecht gehn wir
werden aufrecht gehn paar eckige Runden
drehn mit neuen Au-gen sehn: Ex-
il was ist das
Exil
Ich
will dir zu viel nicht klagen will lieber
sagen die Wahrheit Scheißselbstmitleid bin
ich nun ein heimatloser Gesell? was ist das
Heimat? Polizeimat
Ach was! es wird schon

hell Ich sitz nicht mehr wie ein nacktes Kind im
Schneematsch Heimat Quatsch! Heimat ist ja
da mein Freund wo ich dich find und
wo Genossen sind. Genossen, was ist das:
Genossen?
Und
als ich von Deutschland
je
das Ex-
-il
rit.

Gedanken beim Flug
über die Berliner Mauer

da! der Fernsehturm! ja, da! die
Chausseestraße! meine Ecke!
die Spree, da! der Alex muß dort sein!
da, der Mont Klamott, wie nah!

wenn die Triebwerke jetzt aussetzten
wenn die Boeing jetzt abstürzte
und fiele in diese Stadt, exakt
in Richtung Mauer und zerschellte
auf dem Todesstreifen zwischen
Ost und West, ach, der Dichter
der verhinderte in den Zeitungsschreibern
der Dichter in ihnen würde durchgehn mit
ihnen: der Preußische Ikarus, ein deutscher
Fall! wohlfeil die fixe Methapher
der beziehungsreiche Blödsinn
gesamtdeutscher Rauch stiege auf, ach
über dem deutschdeutschen Hundeblau.

Gedanken beim Flug von Berlin nach Hamburg

das kann man schön sehn von oben:
im kleineren Deutschland
die großen Felder, die
kleineren Felder im größeren. Jungs!
so einfach
ist die Fliegerei!

Von den Großen dieser Erde einer

ist tot, und du weißt es
noch nicht? stell an die Tagesschau
vielleicht zeigen sie es im Bild
wie er abstürzt mit dem Hubschrauber
auf die Stadt Tripolis

> Bischof! ich kann fliegen
> sagte der Schneider zum Bischof

Werner Lamberts, in die Nachrichten
geriet nicht Werner. Lamberts geriet
der Mächtige, das Mitglied geriet
das des Politbüros der SED geriet
nicht der Schneider, der Bischof
geriet in die Abendschau

> Schneider! ich kann fliegen
> sagte der Bischof zum Schneider

So tief wurde er verachtet bei den Unteren
sein Ruf war schon ganz unten
als er selbst noch oben war
der Kronprinz des glanzlosen Fürsten
den Astrologen galt er als Kronprinz
den Meinungsmachern galt er als Maschinist
der Meinungsmaschine in ihnen, jung
dynamisch zukunftssicher belastbar
Computer-Stalinist der vierten Generation
von denen einer, die das Loch schießen
in die Lochkarte statt ins Genick
der Aufsteiger, das hat er davon
sagen, die, die nichts davon haben
ob so ein Oberer unten ist oder oben.

Nun aber, da er doch tot ist, ein Mensch
auch
vielleicht war gerade dieser der Menschliche,
der Befreier von Übermorgen, der sich aufsparte, ein
Dubćek, als Zyniker verkleidet der Macht
vielleicht gerade dieser der große Berliner
Frühlingsbringer, werweißdas?

Schneider! ich kann fliegen
sagte der Schneider zum Schneider

Ach, wie soll ich hier unten gerecht sein
wenn ich nicht wissen kann
wer wer ist
da oben unter der Decke?

Brief an die Verfasser des Textes, der im SPIEGEL veröffentlicht wurde unter dem Titel »Manifest der ersten organisierten Opposition in der DDR«

Liebe Genossen,
so kamt Ihr unter die Deutschen. Euer Dreißig-Seiten-Manuskript hat der *Spiegel* hier als ein »Manifest« veröffentlicht. Im großen und ganzen bin ich sehr froh damit, in wichtigen Nebenpunkten möchte ich Kritik üben.
Das meiste von dem, was Ihr schreibt, deckt sich mit meinen Erfahrungen und das meiste auch mit meinen Meinungen, etliches ist neu und lehrreich für mich. Die Beschreibung der DDR-Zustände trifft den Nagel auf den Kopf, Eure Kritik hat eine gute Radikalität, und Euer klares DDR-Deutsch würden auch die Arbeiter im Westen gut verstehen – ja, wenn sie es lesen würden! Wenn es in der *Bild*-Zeitung abgedruckt wäre!
Endlich gibt es Ansätze zu einer Assoziation der linken Opposition, auch in der DDR! Und das halte ich für folgenreicher als alle Artikel von Havemann, als alle meine Gedichte und Lieder und auch als das Buch des Genossen Bahro.
Es wird Euch nicht wundern, daß sich hier in Westdeutschland nur allerhand einzelne mit dem Inhalt Eures Textes befassen. Die etablierten gesellschaftlichen Kräfte nicht: Die SPD will nichts davon wissen, die CDU kann nicht, die FDP mag nicht, die DKP darf nicht. Statt dessen brannte hier in den Massenmedien ein Feuerwerk von Spekulationen ab und hatte seinen Widerschein in den guten Stuben der Bürger. Es ging nur noch um die Frage: ob echt oder nicht, ob der Text vom westlichen gegen den östlichen oder vom östlichen gegen den westlichen Geheimdienst verfaßt wurde oder von beiden gemeinsam gegen den west-östlichen. In der DDR wird Euer Text mit Sicherheit schwerer in die Hände der Menschen kommen, aber dafür viel leichter in ihre Gehirne.
Es kursiert hier in Hamburg bei linken Gruppen auch die abenteuerliche Version, Euer Diskussionsmaterial sei von der STASI fabriziert und dem *Spiegel* nur angedreht worden, weil die DDR-

Führung in Bälde mit einem »echten oppositionellen Manifest« rechne und darauf hoffe, daß die jetzt provozierte »Pseudo-Debatte« (Wehner!!) den Meinungsmarkt so sättigt, daß kein Interesse mehr da ist, wenn dann das echte Manifest kommt. Das alles sind Dummheiten, die aus zu großer Schlauheit kommen. Wie auch die Version des tiefen Flachdenkers Nollau, ehemaliger Chef des Verfassungsschutzes, auf den sich, schamlos wie immer, die UZ, das DKP-Blatt, beruft. Nein, wer die DDR von innen kennt, der weiß, daß es bei uns Tausende von kleinen Gruppen miteinander befreundeter Kommunisten gibt, die ähnlich denken und hoffen wie wir. Und es wird wohl auch etliche solcher Diskussionspapiere geben, nur: die bürgerliche Presse wird so was in Zukunft wohl nicht mehr mit diesem Tamtam veröffentlichen.

Zeitungen, Radio und Fernsehen haben sich auch auf mich gestürzt und fragten mit hektischem Desinteresse nach meiner Version in diesem albernen Spiel. Es ist mal wieder schwer, keine Satire zu schreiben: Die Chinesen haben das Papier verfaßt und haben es ihrem Freund, dem Vollblutpolitiker mit dem Seppelhut, weitergegeben, und der hat es bei Gelegenheit seiner Pilgerreise nach Chile dem Voll-Blut-Politiker Pinochet zugesteckt, und der wieder gab es einem Herren vom CIA, der CIA hat es natürlich dem BND zugespielt, der BND der STASI, die STASI hat es Euch untergeschoben, damit Ihr es dem *Spiegel* verkauft, um die Ostpolitik der SPD zu kippen, so daß Honecker die Grenze noch mehr verrammeln muß und dann zur Strafe von einer inzwischen CDU-Regierung keine EWG-Vergünstigungen im innerdeutschen Handel mehr kriegt, die er dann auch nicht mehr an den Großen Bruder weitervermitteln kann, so daß die Chinesen endlich auf diesem kleinen Umweg ihrem faschistischen Hauptfeind den Westhahn abgedreht haben, denn der Pole ist ein noch schlimmerer Jude als der Tscheche, sagt der Russe zum Amerikaner, und das bedeutet: der Chinese kommt bald! Der Agentenfimmel avanciert zu einem gesamtdeutschen Gesellschaftsspiel – nein! Ich werde mich an der öden Orakelei über Euren Text nicht beteiligen, will lieber mit Euch reden. Und weil ich Euch auch direkt nicht schreiben könnte, auch wenn ich Euch kennen würde, veröffentliche ich das hier eben in der ZEIT. So wird mein Brief schon an Euch kommen.

Den verschiedenen Teilen Eures Textes entnehme ich, daß Ihr

aus sehr verschiedenen Erfahrungsbereichen kommt, und das finde ich gerade gut. Daraus ergibt sich aber auch der etwas gestoppelte Charakter des Manuskripts. Es ist ein Schaden, daß der *Spiegel* Eure, wie Ihr selbst sagt, »hektographierten Materialien« als »Manifest« auf den Markt geworfen hat. Es führte dazu, daß viele schwer zufriedenzustellende Beobachter hier ein theoretisch fundiertes, politisch in allen Punkten ausgewogenes, realistisches, philosophisch tiefschürfendes, sprachlich geschliffenes Jahrhundertwerk erwarteten. Und nun sind sie enttäuscht in falschem Hoffen. Marx und Engels schufen ihr Manifest auch nicht im ersten Anlauf und nicht ohne die Gelegenheit zu breiter Diskussion und Korrektur (vgl. Engels' Vorarbeit zum Manifest »Grundsätze des Kommunismus«). Und was uns Nachgeborenen an Genie fehlt, müssen wir doppelt durch demokratische Diskussion ausgleichen. Aber Kunststück! – im Winter! Und isoliert, wie Ihr doch seid! Und gejagt von der politischen Polizei. Deswegen finde ich es auch erst mal gut und angemessen, daß Ihr im Text dem parasitären Lebenswandel der Fürsten im deutschen demokratischen Feudalsozialismus so breiten Raum gebt. Die riesigen Jagdgüter der Bonzen, die kugelsicheren Staatskarossen der selbsternannten Arbeiterführer, ihre protzigen Privatpaläste hinter Stacheldraht im Luxus-KZ von Wandlitz – alles das erbittert die Werktätigen fast noch mehr als die eigenen Alltagssorgen. Und es mag sein, daß die Wut über die Heuchelei, die gerade an den Oberen so schreiend sichtbar wird, sich in Zorn verwandeln kann, der zu Taten drängt. Ja, mancher, der diesen Teil Eures Textes in der DDR jetzt heimlich liest, wird sich auf die Schenkel schlagen und wird bei den vielen Strophen Eures Klage- und Anklageliedes an den Refrain dazu von Heinrich Heine denken:

Ich weiß, sie tranken heimlich Wein
Und predigten öffentlich Wasser.

Aber diese Philippika wider das Saufen, Fressen und Herumhuren der Herrschenden hat auch einen Haken: Adolf Hitler, der Enthaltsame, der große Wassersäufer und Salatfresser, ach! hätten er und seinesgleichen doch nur von morgens bis abends Wein gesoffen! dann wäre vielleicht nicht soviel Blut geflossen! Statt dessen hat dieser Vegetarier die Vernichtung von soviel Menschenfleisch mit deutscher Nüchternheit organisiert. Und Ihr

wißt ja selbst: Teuer fürs Volk ist nicht der Wein, den sie saufen, teuer an diesen einstmals zukünftigen Revolutionären sind nicht ihre kleinbürgerlichen Lebensgewohnheiten, teuer ist die Politik, die sie machen. Und wenn Euer Manuskript gerinnen soll zu einer Art Manifest, dann müßte der Text vielleicht von allzuviel privatem Schmodder der Herren Lamberts, Honecker, Naumann & Co. gereinigt werden. Wir geraten sonst in einen Negativ-Personenkult mit diesen auswechselbaren Trauergestalten.
Ihr schildert so treffend das Wirtschaftschaos der DDR. Aber warum trauert Ihr Ulbrichts »Neuen-Ökonomischen-System-der-Planung-und-Leitung« nach? Ich glaube nicht, daß die DDR-Wirtschaft durch ein kapitalistisches Klistier gesund werden kann. Die verstärkte Wiedereinführung kapitalistischer Normen in den Produktions- und Austauschprozeß der DDR erzeugt, auch wenn das mit revolutionären Phrasen begleitet wird, im Volk die falsche Hoffnung und dann echten Katzenjammer. In dem Maße, wie die DDR zu einer Kopie der westdeutschen Wohlstandsgesellschaft wird, wollen die meisten am Ende lieber das attraktive Original als die klägliche Kopie. Die neostalinistische Bürokratie will sich das Volk mit Westzucker und Ostpeitsche bei Laune und vom Leibe halten, aber sie erzeugt nur konterrevolutionäre Träume. Ist es nicht verrückt und doch logisch, daß ausgerechnet die alten stalinistischen Knacker ihrem Untertan mit einem liberalen Linsengericht, mit Blue jeans, mit Intershop-Schokolade und zollfreiem Westkaffee das revolutionäre Erstgeburtsrecht abkaufen wollen? Ich finde, in dieser Frage ist Eure Position weder Fisch noch Fleisch, weder Kapitalismus noch Sozialismus. Ich bin mit dem Genossen Havemann einer Meinung, daß wir den Wettlauf mit dem Kapitalismus in dem Moment haushoch gewinnen, wenn wir endlich aufhören, in derselben Richtung zu laufen. Aber ich finde es gut, daß Ihr die Frage des Wertgesetzes neu aufwerft, das Problem der Preise und realen Kosten. Die Antworten können sowieso nicht von gejagten illegalen kleinen Oppositionsgruppen gegeben werden. Die echten schöpferischen Erfindungen werden nicht im Hinterzimmer gemacht, die fruchtbaren Antworten kann nur das ganze Volk in seinem lebendigen selbstbetriebenen Geschichtsprozeß finden – Ihr kennt ja diesen Gedanken von Rosa Luxemburg. Und es ist pharisäisch und dumm, wenn hier einige Schlauköpfe ohne Herz und ohne Hände Euch vorwerfen, daß Euer Manuskript so

eklektisch, zerfahren und in sich widerspruchsvoll sei. Es ist immerhin ein mutiger Anfang, endlich! zu einer breiteren Diskussion. Und die grobe Sprache, die manche von Euch sprechen, ist ja nichts als ein Ausdruck jener Leidenschaft, die von selbsterlittenen Leiden herkommt. Hier im Westen ziehen sich allzu viele neukonvertierte Linke hoch an exotischen Leiden aus zweiter Hand und schmücken sich mit Wunden, die sie noch gar nicht haben. Nein! gerade die Teile, wo Ihr in nicht klug abgewägten Worten wettert, werden die sogenannten einfachen Menschen besser verstehen als die halbgebildeten Schöngeister mit Linksdrall. Sie kennen offenbar nicht mal oder haben vergessen den »Hessischen Landboten«. Georg Büchner – er hat nicht nur argumentiert und polemisiert, er hat auch gepöbelt gegen das Fürstenpack. Und Luther! Wie er das Lotter- und Luxusleben des Papstes und dessen Klüngel an den Pranger stellte!
Aber zurück zum Inhalt. Ihr beklagt die Zerschlagung einer DDR-eigenen Luft- und Raumfahrtindustrie. War es nicht eher ein Glück, daß dieses ehrgeizige unrationelle Prestigeprojekt in Dresden nach all den Milliardenverlusten abgebrochen wurde? Aber wie soll ich das wissen? Und wie sollt Ihr das wissen, was doch nur durch öffentliche Diskussion in der DDR geklärt werden kann.
Allerdings: in echten politischen Diskussionen geht es nicht nur um die besseren Argumente, es geht um Interessen. Und wo handfeste materielle Interessen im Spiel sind, wird nicht nur mit Argumenten argumentiert. Erkläre mal einem Kapitalisten das Wesen der kapitalistischen Ausbeutung! Erkläre mal einem DDR-Bonzen das Wesen des Lochkarten-Stalinismus! Lege einer Schicht oder Klasse, die davon lebt, daß zwei mal zwei gleich fünf ist, Deine eigene Rechnung vor – Du wirst mit Deiner Rechnung vom Tisch gewischt! Und deshalb glaube ich nicht wie Ihr daran, daß Marx, lebte er heute, die »These ... vom Klassenkampf ... als überholt gestrichen« hätte. Im Gegenteil! Gerade unsere Bonzen hätten Marx wegen dieser fundamentalen Wahrheit das Loch nicht nur in die Lochkarte geschossen, sondern auch ins Genick.
Der schon fast chinesische Antisowjetismus in manchen Eurer Passagen, das wird Euch interessieren, hat gerade meinen spanischen Genossen wehgetan. Auf Carrillo könnt Ihr Euch da nicht berufen, denn dessen Attacken gegen die UdSSR sind differen-

zierter. Freilich lebt Carrillo nicht in einem Land, das von der sowjetischen Armee besetzt ist. Bitte lest mal, wenn Ihr drankommt, in meinem »Wintermärchen« das Kapitel über die zwei Rotarmisten an der deutsch-deutschen Grenze! Das ist nach zwölf Jahren DDR-Schnauzehalten auch hier im Westen noch meine Position. Ich finde, wir dürften uns zu unserer eigenen Sache, zur Sowjetunion, zur DDR, zur Partei von keinem in eine hysterische Haltung drängen lassen. Im Lieben wie im Hassen den Widerspruch aushalten! Und nicht abkippen, wie viele hohe Funktionäre der SED, die, wenn sie unter sich und besoffen sind, die widerlichsten antisowjetischen Witze erzählen, Leute, die abends an Russenhaß ausscheißen, was sie tagsüber an Freundschaftsphrasen fressen mußten.

»Stalinismus und Faschismus sind . . . Zwillinge«, schreibt Ihr. Und Honecker & Co. werden als »rotlackierte Nazis« bezeichnet. Ist das nicht Begriffsverwirrung aus begründeter Erbitterung? Die Gleichsetzung von Faschismus und Stalinismus kommt vielen alten Nazis hier gelegen, weil ihre eigenen Verbrechen da im mildernden Licht erscheinen. Und den abgebrühten Stalinisten kommt dieser offensichtliche Fehler auch zupaß. Ja! unter Hitler wurden 163tausend Kommunisten liquidiert. Ja! unter Stalin zwei Millionen sowjetische Genossen. Von elf Mitgliedern des Thälmannschen Politbüros wurden sechs von Stalins und fünf von Hitlers Leuten liquidiert. Ja! und den sechs Millionen jüdischen Naziopfern stehen 20 Millionen (niedrigste der mir bekannten Schätzungen) Sowjetbürger gegenüber, die unter Stalin schuldlos ermordet wurden. (Die Toten des großen Krieges nicht eingerechnet.) Aber was sagen schon diese Zahlen? Nein! Faschismus war und ist eine bürgerliche Diktatur zur Verteidigung der kapitalistischen Produktionsweise gegen das Volk. Der Stalinismus aber ist und war eine sozialistische Revolution, die an der bürokratischen Syphilis dahinsiecht. Eine Krankheit, die tödlich ist, aber nur, wenn man sie als Schnupfen behandelt! Nein! das Gleichsetzen vernebelt die interessanteren grundlegenden Unterschiede. Moralisch gesehen ist dabei für uns der Stalinismus nicht so schlimm wie der Faschismus, sondern viel, viel schlimmer. Denn hier werden all diese Barbareien im Namen der Ideen verübt, auf die sich die begründeten Hoffnungen der Völker richten. Also schreibt nicht: Zwillinge. Faschismus und Stalinismus sind Kinder sehr verschiedener Eltern, die dem tränenblinden

Auge wie Zwillinge erscheinen mögen. Der Faschismus ist das blutige Abendrot der bürgerlichen Gesellschaft, der Stalinismus hat trotz alledem die sozialistischen Hoffnungen und realen Chancen nicht im Blut ersäufen können. Siehe Prag 1968! Seht Euch selbst! Und die Hunderttausende in der DDR, die denken und fühlen wie wir!

Eure Vorschläge über die baldige Schaffung eines entmilitarisierten neutralen Gesamtdeutschland erinnern mich an die Pläne Stalins, die doch aber von ihm nie ernst gemeint waren! Ich verstehe nicht, wie Ihr dem jetzt noch auf den Leim gehen könnt. Wie stellt Ihr Euch die Heirat zwischen dem verkrüppelten DDR-Sozialismus und dem verfetteten BRD-Kapitalismus vor? Die Kinder aus solcher Ehe möchte ich nicht sehen müssen. Und für unsere Nachbarvölker wären das wohl furchterregende Mißgeburten. Aber wer weiß! am Ende bin ich selbst schon so festgefault in meinen Denkmodellen, daß mir Eure Vorschläge über die Einführung einer »Berlin-Mark« etc. wie Kindereien vorkommen. Vielleicht ist es gerade gut, wenn wir das scheinbar Unmögliche immer wieder mit Kinderfragen als etwas doch Mögliches ins öffentliche Bewußtsein rücken. Brecht schrieb:

Keinen Gedanken verschwende
Auf das Unabänderbare!

Wenn wir aber dieses Wort mit Brechts eigener Denkmethode hinterfragen, dann haben wir das dialektische Gegenstück zu dieser halbwahren Wahrheit: Das Unabänderbare wird überhaupt erst zum Unabänderbaren, weil wir keinen Gedanken darauf verschwenden! – Aber weiter im Text: Ich kann mir, wie Ihr fordert, »in ganz Deutschland freie, geheime Wahlen zur Nationalversammlung . . . stufenweise Rechtsangleichung in allen gesellschaftlichen Bereichen« nicht vorstellen. Denn selbst wenn als Voraussetzung eines solchen Schrittes die Bonzen in der DDR enteignet und entmachtet wären, dann gäbe es im Westen Deutschlands immer noch die große und die kleine Bourgeoisie mit all ihren gutausgebauten Machtpositionen. Und es gäbe ja auch noch diese monströse Schwäche der Arbeiterbewegung. Wie soll es unter solchen Bedingungen freie Wahlen geben? Und zurück zur DDR: Wer sagt Euch, daß die von den Bonzen jahrzehntelang schwer beschädigte Bevölkerung bei solchen Wahlen sich in aller Freiheit für die ganze Freiheit entscheidet, die wir meinen und nicht gerade wieder für die kleine Freiheit der Ausbeuter? Nein, umgekehrt wird ein Schuh draus! Erst muß sich innerhalb der DDR eine Art Prager Frühling durchsetzen, der dauert, der nicht mit Panzern niederdiskutiert werden kann! Erst muß sich in Westdeutschland eine von der heutigen Sozialdemokratie sehr unterschiedliche sozialistische Partei entfalten, erst muß eine von der DDR unabhängige kommunistische Bewegung gewachsen sein, erst müssen die Bürgerinitiativen zur Entfaltung gekommen sein, ehe wir ernsthaft die Frage der Wiedervereinigung in die Debatte werfen. Sonst geht jeder deutsche Traum nach hinten los. Ich seh' doch hier in der BRD die Linken. Sie haben keinen Einfluß auf die Entscheidungsprozesse in dieser Gesellschaft. Viele der untereinander zerstrittenen Sekten reden wie Leute, die sich damit abgefunden haben, daß auf sie sowieso keiner hört. Wie es im Lied heißt:

»Und die Linken hassen einander
Mehr als den Klassenfeind
Eh wir uns nicht selber einen
Wird Deutschland auch nicht geeint.«

Und, liebe Genossen, eh sich das ändert, das kann länger dauern, als wir dauern. Gut finde ich trotzdem, wenn wir bei aller Tagespolitik die Frage der Wiedervereinigung nicht feige verschweigen, wie es alle tun, die heute in West und Ost das Sagen haben. Ich habe in all den Jahren in Gedichten und Liedern um die Frage der Wiedervereinigung keinen Bogen gemacht. Aber es ist ein Unterschied, ob man wichtige Fragen für die Zukunft nicht in Vergessenheit geraten läßt oder ob man sich und andere in überschwengliche Hoffnung treibt, die allzu schnell sich in überschwengliche Enttäuschungen verwandelt. »Alle Machtkämpfe in der DDR«, schreibt Ihr, »waren mit der nationalen Frage verbunden . . .« Eben, eben! und darum auch endete jede dieser Revolten mit einem Triumph der stalinistischen Reaktion.
»Wir bestehen auf dem Recht unseres eigenen deutschen nationalen Weges zum Sozialismus« – als ich diesen Satz bei euch las, dachte ich an Martin Andersen Nexö, der in der Zeit des Freundschaftspaktes zwischen Hitler und Stalin von einer Revolutionstouristenreise aus der Sowjetunion zurück nach Dänemark kam und dem entsetzten Emigranten Brecht treuherzig erklärte, was ihm soeben von den sowjetischen Genossen eingebleut worden

war: Hitler, das sei eben der besondere deutsche Weg zum Sozialismus! Und die Genossen der KPD hätten die Pflicht, da umzulernen!
Und Ihr wißt doch vom Versuch des komintern-ferngelenkten Teddy Thälmann, Hitler zu überlisten und nationalistischer zu sein als die »Nationalsozialisten«. Und Ihr wißt, was für eine Totgeburt Thälmanns »Nationalkommunismus« war. Ihr beruft Euch auch hier auf den Eurokommunismus. Wenn aber die französischen Genossen betonen, daß es in Frankreich entweder einen Sozialismus geben wird in den Fahnen der Trikolore oder gar keinen, dann ist das kein Nationalismus, sondern der erste Reflex auf die brutale Bevormundung durch die KPdSU, die ihre Bruderparteien zu Filialen der sowjetischen Außenpolitik degradiert hat. Und dieser Reflex spielt in der DDR eine noch größere Rolle, das zeigt auch Euer Text. Aber wir können den stalinistischen Teufel nicht austreiben mit dem nationalistischen Belzebub.
Ihr nennt Euch BDKD. Wie stellt Ihr Euch die Organisationsform eines solchen illegalen Bundes vor? Ich fresse einen Besen, wenn Ihr mehr als zwanzig Menschen seid. In der Regel ist es doch so in der DDR, daß mit an Sicherheit grenzender Wahrscheinlichkeit ein Spitzel dabei ist, wenn mehr als zehn politisch interessierte Leute zusammenkommen. Es gibt wohl kein Land der Welt, das sich einen so riesigen, technisch perfekten Spitzelapparat politisch leisten muß und zugleich ökonomisch leisten kann. Sobald es also mit Eurer Organisation ernst würde, begänne der Wettlauf des Hasen mit dem Igel. In unserer kleinen ordentlichen DDR, wo jedes Radieschen numeriert an seinem Platz steht, würde Mielkes Firma doch immer wie der Igel in der Fabel sagen: »Ick bün all door!« Wozu also diese anachronistische Organisationsform eines illegalen Bundes konspirativ arbeitender Genossen? Ihr sagt Euch vom Leninismus schroff los und kopiert ausgerechnet dessen Parteiprinzip, das vielleicht gut war gegen den Zaren, aber sicher schlecht ankommt gegen die Wanzen. Und selbst wenn Ihr den Spitzeln auf wunderbare Weise entgeht – kommt eine konspirative Kaderpartei nicht automatisch in den gleichen dogmatischen Teufelskreis, aus dem wir raus wollen? Ich denke, daß die Erfindungen der Genossen in Polen besser sind. Das Komitee für gesellschaftliche Selbstverteidigung arbeitet öffentlich und ist gerade, weil es ungeschützt ist, auch geschützter durch die Öffentlichkeit im eigenen Land.

Warum haben sie Havemann und mich in all den Jahren nicht einsperren können? Wenn wir eine illegale Organisation aufgebaut hätten, wozu uns die STASI durch agents provocateurs animieren wollte, hätten wir ihnen die Sache wohl leichter gemacht. Die Genossen in der ČSSR haben die Charta-Bewegung. Klar wehrt sich der Husak-Verein verzweifelt, brutal, aber Ihr seht ja, mit welchem Erfolg! Ich beriet mich mit meinen Genossen in der PCE über diese Fragen, und sie erklärten mit die Organisationsform der berühmten Arbeiterkommissionen, die schon in der Francozeit, als die KP noch verboten war, halböffentlich den Polizeiapparat unterliefen und politische Wirkungen ausübten, die den Sturz des Faschismus mehr beschleunigten als die alten Formen des Kampfes, auf die der Staatsapparat trainiert war. Die Bürgerinitiativen hier im Westen werden immer wichtiger. Und wer hat denn in Amerika die Amerikaner gezwungen, den Vietnamkrieg zu beenden? Ich glaube, daß alle basisdemokratischen Organisationsformen wichtiger werden, sie sind lebendiger, korrigieren sich schneller, sind offen für Menschen verschiedener Meinung, sind ein Sack Flöhe, die kein Gedankenpolizist gern hüten möchte. Aber wer weiß, vielleicht führt die breite Diskussion Eurer mutigen Aktion zu politischen Erfindungen in der DDR, mit denen Onkel Erich nicht ein so leichtes Spiel hat. Eure Schilderung des realen Sozialismus hat auch die CDU erfreut. Denn die DDR hat genau den Sozialismus, den die bürgerliche Reaktion hier gern hat. Ein unattraktiver, furchteinflößender Polizeistaat, der seine unglücklichen Landeskinder für Devisen an den Feind verscheuert und seine kommunistischen Kritiker einsperrt oder aussperrt, ein Staat, in dessen Wappen nicht Hammer und Zirkel gehören, sondern Holzhammer und Maulkorb. Was aber hier im Westen zu wenige sehen: Es gehört zur Realität dieses »realen Sozialismus« auch, daß er kommunistische Hoffnungen nicht nur immer wieder zertritt, sondern in noch größerem Maße erzeugt. Die Lehre der Prager Lektion waren doch nicht die Panzer! Es wurde bewiesen, um wieviel leichter dieser halbe Sozialismus revolutioniert werden kann als ein ganzer etablierter kapitalistischer Staat.
Manche der Reaktionen auf Euer Manuskript hier waren bedenkenswert, die meisten waren zum Schreien, zum Weinen manche, aber eine war zum Lachen. Ihr habt es vielleicht über BBC gehört. Durch scharfsinnige Stilanalysen und ideologische Medi-

tation hat Wolfgang Harich als einziger genial herausgefunden, wer das verfluchte Ding gedreht hat: Biermann. Er dachte wahrscheinlich, daß die plumpe offizielle BND-Konstruktion sowieso kein Aas glaubt, merkte aber, daß unsere Obrigkeit den Verfasser gern in der BRD finden würde, damit sie ihn nicht in der DDR erfolglos suchen muß. Und so kam Harich auf eine Idee, die eigentlich auch aus dem devoten Köpfchen von Peter Hacks stammen könnte, wer weiß, vielleicht hat H. an H. ein Plagiat gemacht . . . egal wie es dazu kam – mich irritiert, wieso *Ihr* dazu kommt, ausgerechnet Harich in eine Reihe mit Bloch, Bahro und Havemann zu setzen. Gut, daß Bloch das nicht mehr erleben mußte. Havemann weiß nur zu genau, was Euch offenbar und den meisten in der DDR unbekannt ist. Wir kennen den Genossen Walter Janka, alter Kommunist und Spanien-Kämpfer, der zweimal in Bautzen saß, einmal bei Hitler, einmal bei Ulbricht. Er hat uns berichtet, daß Harich nicht mal ein Ganove ist. Um kleiner Vorteile willen hat Harich Menschen denunziert und dafür gesorgt, daß Walter Janka für Jahre zum zweiten Mal nach Bautzen kam. Harich hat nicht nur die Kommunistenehre verletzt, sondern auch die Ganovenehre. Kein anständiger Geldschrankknacker, Zuhälter oder Schwiegermuttermörder würde Harich die Hand geben. Harich hat gelitten, aber andere haben mehr durchgemacht und sind keine Schweine geworden. Schade, daß Harichs Buch »Kommunismus ohne Wachstum« in der DDR nicht zu haben ist, in dem er mit kecker Offenheit das sagt, was die allerreaktionärsten Bonzen nur denken: Er beweist ein Buch lang, daß nur ein totaler Weltstalinismus die Menschheit vor den Katastrophen retten kann, auf die sie nach Meinung des Club of Rome zurast. Als Harich mir mal sagte, er sei der Parteiführung dankbar, daß sie ihn rechtzeitig entlarvt, eingesperrt und so vor schlimmeren Verbrechen bewahrt habe, da dachte ich an das späte Gedicht von Brecht über Ulbricht, den »Eisernen« und die verhurten Musen:

»Wenn der Eiserne sie prügelt
Singen die Musen lauter.
Aus gebleuten Augen
Himmeln sie ihn hündisch an.
Der Hintern zuckt vor Schmerz
Die Scham vor Begierde.«

Zum Schluß, liebe Genossen, eine Sorge, die ich gerne loswerden würde. Laßt Euch durch all die Mutmaßungen über die Echtheit Eures »Manifestes« nicht dazu verführen, den Beweis anzutreten! Ich bitte Euch: Bleibt anonym! Wer hätte was davon, wenn Ihr erst eingesperrt und dann ausgesperrt werdet. Euer Text verbreitet sich sowieso, auch in der DDR. Und wird viele Menschen ermutigen und zum Weiterdenken anregen. Es sind schon zu viele in unseren Gefängnissen kaputtgegangen, und zu viele auch in diesem Westen. Wir wollen über Organisationsformen nachdenken, die den DDR-Bedingungen noch besser gewachsen sind. Liebe genossen, ich denke, daß die Entspannungspolitik zwischen Ost und West weitergehen wird. Und mit ihr werden die Spannungen in Ost und die Spannungen in West zunehmen. Die kommenden Klassenkämpfe werden anders und erbitterter sein. Aber, wie der Meister sagt, die Widersprüche sind die Hoffnungen.

Bitte an mich

Bitte an mich

mach weiter! ja, so wie bisher
mein Freund, doch ich begehr
auch das: ich bitt dich, bitte mach
auch weiter
        auch weiter
                auch weiter a l s bisher!

Lied des Bundes

Sol sain, as ijch boij in der Luft maine Schlesser
Sol sain, as main Gott is in ganzen nit do
In Troim wed mir laichter, in Troim wed mir besser
In Troim is der Himmel mir bluer wi blu.

Sol sain, as ijch well main Zil nit derlangen
Sol sain, as main Schiff wed nit kummen zum Bschjeg
Es gejt nit indejm, ijch sol hubben dergangen
Es gejt nor zu gejn oif dem sunnigen Weg.

Der BUND war beides: Gewerkschaft und politische Partei des jüdischen Proletariats in Polen und Rußland. Gegründet wurde der BUND 1897, ein Jahr vor der SOZIALDEMOKRATISCHEN ARBEITERPARTEI RUSSLANDS. Lenin bewunderte die Organisationsstruktur und Arbeitsweise des BUND, der BUND prägte Lenins Vorstellungen über Parteiaufbau. 1898 organisierte der BUND den Gründungsparteitag der SDAP RUSSLANDS in Minsk und wurde autonomes Mitglied dieser Partei. Das erste Programm der SDAP wurde damals in der Druckerei des BUND gedruckt, zweisprachig, in Russisch und Jiddisch.
Ich lernte dieses Lied in Frankfurt am Main von Jakob Moneta. Sol sain, daß meine Schreibweise des jiddischen Textes fehlerhaft ist. Bei meinem Versuch, den Text in singbares Deutsch zu bringen, merkte ich, daß es wohl nicht geht, es ist zu nah am Deutschen. Ich tröste mich mit dem Gedanken, daß die Deutschen, nachdem sie sich so große Mühe gemacht haben bei der Ausrottung der Menschen, die Jiddisch sprachen, sich nun ruhig die kleine Mühe machen, die paar fremden Worte selber rauszufinden. Ach Unsinn! die Deutschen haben nicht ausgerottet, und die Deutschen werden sich für dieses Lied nicht interessieren. Ich habe zu der schönen Melodie einen neuen Text geschrieben.

Mag sein daß ich irre [für F.R.]
Mag sein, daß ich irre und dich nur (m) verwirre
Mag sein, daß ich hoffe und bin längst verlorn Ich
leb ja den Traum der Commune noch immer da-zu hat mich ja meine
Mutter geborn Ich leb ja den Traum der Commune noch immer da-
zu hat mich ja meine Mutter geborn

Mag sein, daß ich irre

Mag sein, daß ich irre und dich nur verwirre
Mag sein, daß ich hoffe und bin längst verlorn
– ich leb ja den Traum der Commune noch immer
Dazu hat mich ja meine Mutter geborn.

Wir haben uns selber am schlimmsten von allen
Verraten, verkauft und blutig genarrt
– und doch sind nicht all meine Träume, die roten
Mit all unsern Toten verreckt und verscharrt.

Und ob es mir schwer wird – und ob es mir leicht ist
Ich geh unsern Weg, geh mit Sehnsucht und Zorn
– mag sein, daß ich einmal, wenn alles erreicht ist
Erreicht habe nichts, als ein' Anfang von vorn.